Dark Messiah

새벽의 마왕

FANTASY FRONTIER SPIRIT

이민섭 퓨전 판타지 소설

새벽의 마왕 1

이민섭 퓨전 판타지 소설

초판 1쇄 찍은 날 § 2011년 11월 3일
초판 1쇄 펴낸 날 § 2011년 11월 10일

지은이 § 이민섭
펴낸이 § 서경석

편집부장 § 권태완
편집책임 § 박우진

펴낸곳 § 도서출판 청어람
등록번호 § 제1081-1-89호
등록일자 § 1999. 5. 31
어람번호 § 제1-1287호

주소 § 경기도 부천시 원미구 심곡2동 163-2 서경B/D 3F (우) 420-822
전화 § 032-656-4452 팩스 § 032-656-4453
http://www.chungeoram.com
E-mail § chungeoram@chungeoram.com

© 이민섭, 2011

ISBN 978-89-251-2675-3 04810
ISBN 978-89-251-2674-6 (세트)

도서출판 청람

1

새벽의 마왕

Dark Messiah

이민섭 퓨전 판타지 소설
FANTASY FRONTIER SPIRIT

CONTENTS

Chapter 01
떨어지다

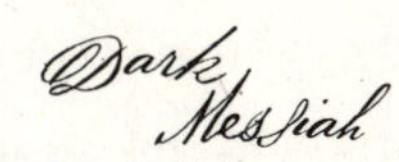

끔찍한 고통이었다.

마치 몸속의 장기들이 모두 가루가 되어버리는 듯한 그런 고통이었다. 간신히 손을 움직여 머리를 부여잡았다. 그러자 두통이 조금은 가시는 것 같았다. 이런 고통이 계속되었다면 아마 나는 미쳐 버렸을 것이다.

괴롭다. 너무나도 괴롭다.

나는 겨우 숨을 내쉬고는 억지로 눈을 떴다.

눈 안에 이물감이 느껴졌다. 모래 같은 것이 들어갔는지 눈을 뜨는 것조차 고통스러웠다. 너무나도 뻑뻑한 눈꺼풀을 간신히 들어 올렸다.

"아……!"

눈이 부셨다. 너무나도 눈이 부셔서 마치 빛이 눈 속으로 찔러들어 와 뇌까지 찢어버릴 듯했다. 천천히 적응해 갔다. 겨우 정신을 차렸을 때, 나는 푸른 창공에 떠 있는 태양 빛을 정면으로 바라보고 있었다. 눈이 멀 듯하다.

간신히 상체를 일으키며 주위를 살펴보았다.

모래의 바다.

나는 이 낯선 광경을 알고 있다. 사막이었다. 그제야 뜨거운 공기가 버겁게 느껴졌다.

'사막이라고?

말도 안 돼!

아니다. 그럴 리가 없다.

이런 광경을 볼 수 있을 리 없다.

입안에 들어간 모래를 겨우 뱉어냈다. 엉망진창으로 모래에 구른 모양이다. 아니, 아예 파묻혀 있던 것 같다. 그렇지 않고서야 구멍이란 구멍에 모두 모래가 있을 리가 없지. 너무 건조해서 그저 털어버리는 것만으로도 전부 떨어져 나갔다.

'이곳은 도대체 어디인가?

나는 이 상황이 도저히 이해가 가지 않았다. 내가 잠든 곳은 분명 우주선이었다.

초과학의 경지에 이른 기술력도 지구의 멸망을 막을 수 없었다. 나는 멸망하기 시작한 지구를 등지고, 우주로 희망을 개척한다는 그런 프로젝트에 뽑혔었다. 그 과정에서 나란 놈이 얼마나 이기적인 인간인지 절실히 깨닫게 되었다. 나는 인간이기를 포기했었다. 그 대가로 우주선에 타서 장기간 여행을 위해 수면에…….

"으윽!"

갑작스럽게 머리에 통증이 스며들었다. 기억이 혼란스럽다. 내가 살아온 기억들이 이리저리 뒤섞여 혼란스러웠다. 마치 여러 색깔이 뒤범벅되는 듯한 느낌이 들었다.

하지만 분명한 것은 내가 이런 사막에서 깨어날 리가 없다는 것이다. 게다가 지구에서는 더 이상 이런 푸른 하늘을 볼 수 없었다. 혼란스러운 기억 속에서 뚜렷하게 떠오르는 것은 멸망 직전의 지구, 우주선, 그리고 수면 장치였다.

'장기간 수면으로 인해 생기는 부작용인가? 이곳은 다른 행성인가?'

내 기억이 틀림없다면 이곳은 지구가 아니라는 말이다.

'혹시 내가 죽어 지옥에 온 것일까?'

그럴 리가 없다. 이 감각은 내가 살아 있음을 알려주었다. 나는 분명 숨 쉬고 있다.

나는 몸을 완전히 일으켜 내 몸을 훑어보았다. 검은 로브에 꽤나 고급스러운 옷이 입혀져 있었다. 내가 모르는 양식의 옷이었다. 어째서?

"로브… 라고?"

어째서 이런 옷을 입고 있는 거지?

Item

[F+] 윤기없는 칙칙한 검은 로브

불에 잘 타지 않는 신비한 가죽으로 만든 로브. 화(火) 속성에 대한 저항이 있다. 고가품으로 보이지만 음침한 분위기 탓에 그다지 인기는 없을 듯. 하지만 잘 보면 디자이너의 센스를 찾아볼 수 있다.

*속성 저항:화(火).

*F+ 등급 이하의 화(火) 속성 공격 무시.

*은은한 공포 +10%.

갑작스럽게 눈앞에 창이 떴다. 투명해서 시야에 방해되지 않으면서도 글자가 눈에 잘 들어오는 그런 창이었다. 고개를 돌려도 따라오는 것으로 보아 허공에 생성된 것은 아닌 듯했다. 직접 눈에 투영되는 건가?

나는 잠시 그것을 멍하니 쳐다보았다.

'여긴 다른 행성이 아닌가?

이것은 분명 내가 입고 있는 검은 로브에 대한 정보였다. 마치 게임 속 아이템 정보 같지 않은가?

'왜 나는 이곳에 혼자 버려져 있는 거지? 혹시 나는 깨어나지 않은 건가? 그렇다면 수면 장치에 달린 프로그램?

나는 손을 내려 모래를 쥐어보았다. 입자가 고운 모래가 손가락 사이로 빠져나갔다.

'이 촉감이 과연 사실이 아닐까?

가상현실 게임은 물론 체험해 보았다. 현실과 가장 가깝게 만들었다는 게임마저도 이처럼 완벽한 촉감을 구현해 내지는 못했다.

고개를 살짝 저었다. 지금은 무엇 하나 확실한 것이 없다. 만약 게임이라면 분명 나 말고 누군가 있을 터. 내가 수면에 들어간 제일 마지막 번호였으니까 다른 사람도 있을 것이다. 그러니까 지금은 일단 이곳을 벗어나 사람을 만나는 것이 급선무다.

일단 내 상태를 알아야 했다. 이곳이 게임과도 비슷하다면 분명 내 상태를 알 수 있을 것이라 생각했다. 그렇게 생각하자 눈앞에 창 하나가 떠올랐다.

Status

이름:—등록되지 않음—

레벨:1[口.口口%]

칭호: 초보 여행자

근력:1口　　　민첩:1口

체력:12　　　내구:12

간단한 창이었다. 나는 10이라는 기준이 얼마만큼 낮은 건
지 잘 알 수 없었다. 아마 최저이겠지. 최소 기준보다 낮은 수
치가 표시되지 않는다는 것은 다른 능력치는 10보다 낮다는
뜻인가?

복잡해지는 생각을 겨우 가라앉혔다. 몸을 움직여 보고 혹
시나 있을지 모를 다른 아이템을 찾기 시작했다. 허리춤에서
가죽 가방을 발견했다.

Item

[E]초보 여행자를 위한 가죽 가방

초보 여행자를 위해 동부 왕국연맹 마도과학기술연합회에서 생산한
제품. 경량화 마법과 용량 마법이 걸려 있어 초보 여행자에게는 꿈의
아이템이라 불리고 있다. 부피와는 상관없이 400kg의 무게를 넣을 수
있다.

*초급 경량화 마법[영구]

*소용량 마법[영구]

사용 시 주의 사항.

가방에 손을 넣으면 들어 있는 아이템 리스트가 자동으로 출력됨.

아이템 이름을 생각하면 자동으로 손에 쥐어짐.

4ᴑᴑ㎏이 넘어가면 파손될 우려가 있음.

매뉴얼을 잘 읽어보고 사용하기 바람.

—동부 왕국연맹 마도과학기술연구회.

설명은 읽은 나는 가방에 손을 넣어보았다. 눈앞에 작은 창이 떴다.

—리스트—

입문자용 검, 맛없는 육포 2ᴑ개.

단위를 알 수 없는 돈, 맛없는 육포와 검 하나가 들어 있었다. 혼란스러운 마음을 가라앉히며 일단 검을 빼고는 손에 쥐어보았다.

Item

[F]입문자용 검

초보 검사가 쓰기 적합한 검. 적당한 내구력과 공격력을 지니고 있다. 입문용 검치고는 상당히 잘 만들어졌다. 역시 큰 살상력은 기대하기 어렵다.

*속성:—

투박해 보이는 손잡이에 그럭저럭 윤이 나는 은빛 검이었다. 길이도 적당히 길었고, 적당히 묵직했다. 나로서는 이런 무게가 너무나도 생소했다. 검이 있다는 것은 이것을 휘둘러야 할 때가 온다는 말이다. 싸움이라고는 주먹다짐밖에 해보지 않은 내가 이런 것을 쓸 수 있을 리 없다.

'나는 지금 어디에 있는 걸까? 수면 장치 속? 아니면 어느 다른 공간으로 튕겨져 나온 건가?

아무런 설명 없이 이런 상황에 처하자 생기는 것은 역시 혼란뿐이었다.

"도대체… 어떻게 된 건지 모르겠군."

일단 게임이라고 생각해 보자. 게임이라면 분명 적당한 레벨의 몬스터가 있을 것이고, 그것을 잡아서 능력치를 키울 수 있을 것이다. 능력치가 높아지면 아이템을 더 좋은 것으로 맞추고 퀘스트를 해결하는 등, 그런 틀을 벗어나지는 않을 것이다.

"그래, 어쩌면 수면 장치에 달린 게임의 일종일지도 몰라."

그렇게 생각하니 조금은 마음이 편해졌다.

이곳에서 죽게 되면 실제로 죽게 되는지 그것이 제일 궁금했지만, 그렇다고 죽어볼 수도 없는 노릇이었다. 무엇 하나 확실한 것이 없었다. 너무 나쁘게 생각하지 말도록 하자. 더 나빠질 것이 있겠는가?

나는 끝없이 펼쳐진 사막을 바라보다가 앞쪽으로 걷기 시작했다. 아무것도 모르는 지금 방향이란 무의미했다. 할 수 없이 무작정 걸어보는 것이다. 걷다 보면 언젠가 끝이 보이겠지.

이곳이 게임과도 같아서 조금은 안심했기 때문인가? 죽음이라는 것이 그렇게 가깝게 느껴지지 않았다.

"아무튼 일단 사람을 빨리 만나야 하는데……."

빌어먹게도 넓군.

나는 걷는 일에 열중했다. 모래의 입자가 너무나도 고와 발이 푹푹 빠져 걷기가 여간 힘든 것이 아니었다. 그나마 다행인 것은 검은 로브가 열기를 막아주는지 그렇게 덥지는 않았다. 오히려 선선한 것이 상당히 쾌적했다. 음침한 것 빼고는 꽤나 쓸 만한 아이템이었다.

'끝이 없군. 끝이 없어.'

모래언덕에 올라 바라본 풍경은 끝없는 모래판, 바로 그것이었다.

나는 한숨을 내쉬고는 거칠게 머리를 헝클었다. 여행 경험조차 없는 나로서는 이런 상황이 무척이나 막막하게 느껴졌다. 무엇 하나 제대로 아는 것이 없는 이 상황에서는 더더욱 그랬다. 하지만 최악은 아니다.

나는 지금 살아 있다. 그것이 유일한 위안이었다.

죽는다면 그것으로 끝이지만 살아 있다면 무엇인가 변할 수 있다. 나의 가족과 친우들이 죽었을 때 나는 결심했다. 살 것이다. 살아서 나아갈 것이다.

다시 걸음을 옮기려고 할 때였다.

"음?"

발밑에서 무언가 움직이는 것이 느껴졌다. 주위의 모래 색과는 조금은 다른, 조금 더 진한 색의 물체가 움직이기 시작했다. 모래 사이로 모습을 드러낸 것은 내 몸 크기의 반만 한 전갈이었다.

"전갈?"

그 크기부터 너무나도 위협적이었다. 뿜어나오는 기세에 눌려 몸이 굳어버렸다. 금방이라도 날 씹어 먹을 것 같았다.

"후우, 후우……."

겨우 심호흡을 하며 마음을 진정시켰다. 여기서 당황한다면 나는 분명 죽는다. 저건 흔히 볼 수 있는 그런 전갈 따위가 아니다. 나는 그것을 직감적으로 느꼈다.

　나를 노리는 모양인지 꼬리를 세우며 집게로 나를 위협했다. 나는 주춤 물러나며 허리춤에 있는 검을 뽑았다. 식은땀이 흐르기 시작했다. 이렇게 커다란 전갈이 있으리라고는 생각조차 하지 않았다.

　전갈은 저렇게 큰 몸을 지녔으면서도 매우 빠르게 움직였다.

　무척이나 단단해 보이는 표피가 마치 갑옷을 보는 것 같았다.

　광택이 없음에도 무척이나 매끄럽게 느껴졌다. 이런 허접한 검으로는 뚫을 수 없을 것 같은 그런 느낌이 들 정도로 강인해 보였다, 마치 기계처럼.

　공포에 몸이 떨려왔지만 아무것도 해보지 않고 주저앉을 수는 없다. 나는 검을 어설프게나마 치켜들고는 전갈의 움직임을 살폈다.

　휘익—

　순간 기다란 꼬리가 찔러 들어왔다. 나는 검을 들어 꼬리를 쳐냈다.

　'뭐지?'

　생각했던 것보다는 빠르지 않았다. 잔뜩 굳은 내가 그 움직임을 놓치지 않을 정도였다. 조금 얼이 빠져 버렸다.

　꼬리의 공격이 무산되자 빠르게 다가와 집게로 나를 찢으려 했다. 속도는 빨랐지만 피하지 못할 정도는 아니었나.

　그렇다면……!

　가볍게 물러나 피한 다음 들고 있던 검으로 전갈의 머리를 내려쳤다.

이 어설픈 공격으로도 충격은 줄 수 있겠지.

푸시식—

"에?"

생각했던 것보다 허무하게 머리부터 몸통의 일부까지 잘려 나갔다. 단단해 보이는 표피가 깔끔하게 잘린 것을 보자 나는 조금 어안이 벙벙했다.

이 검, 이렇게나 좋은 검이었나? 아니면…….

"원래 이렇게 약한 건가?"

의외로 내 검술이 뛰어났던 것일까? 검이라고는 잡아본 적이 없는데도 말이다. 그렇게 생각하자 '스킬'에까지 생각이 미쳤다. 게임이라면 분명 각 직업에 맞는 기술이 있을 것이다. 확실히 내 정보에서의 나는 여행자니까 그에 맞는 스킬이 있을 것이다.

그렇게 생각하자 눈앞에 정보창이 떴다.

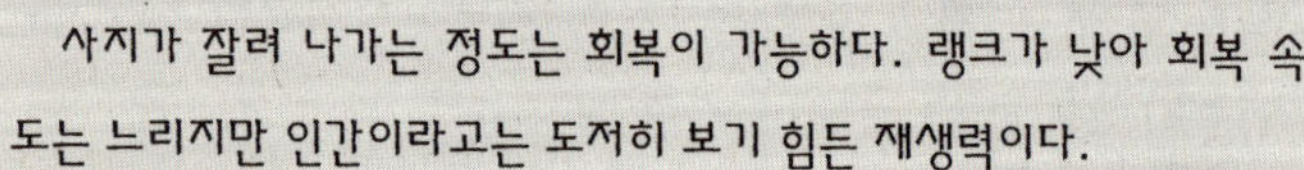

Skill

[F—]어설픈 실전 검술—5%

마구잡이 검술. 초보 검사조차 쓰지 않는 검술이다. 하나 랭크가 있는 만큼 효과는 있는 듯하다.

Skill

[D]탐색—13%

D등급 이하의 아이템과 일정 등급 이하의 몬스터 정보를 열람할 수 있다. 장인의 안목 정도는 아니지만 보통 사람으로 볼 수 없는 안목이다.

잘 알아들을 수 없는 것들도 있었지만 대부분 이해가 갔다. 아이템의 정보를 볼 수 있었던 이유는 탐색이라는 기술 덕분이군.

어찌 되었든 나는 생각했던 것보다 그렇게 약하지는 않은 것 같다. 10을 간신히 넘기는 하지만 그런 능력치가 있다는 것 자체가 어느 정도 강하다는 의미가 아닐까? 그래서 저런 전갈을 쉽게 잡을 수 있던 것 같다.

"그나저나… 저거 먹을 수 있으려나?"

식량에는 한계가 있고, 음식을 확보해 두는 것이 중요했다. 전갈도 못 먹을 것은 아니라는 생각이 들었지만 저런 큰 전갈을 어떻게 조리해 먹을지도 참 막막했다.

그러던 중 전갈의 시체에서 광택이 나는 조그마한 돌을 발견했다.

Item

[T]사막의 정수

하급 무기를 강화할 때 쓰인다. 사막의 기운을 흡수한 몬스터에게서 발견할 수 있다. 귀한 보석과도 같은 가치를 지닌다.

약간은 투명한, 갈색 광택이 있는 둥그런 돌을 집어 들었다. 전갈의 피를 잘 닦아내고 그것을 주머니에 넣었다. 일단 챙겨 두는 것이 좋을 것 같았기 때문이다.

"무기 강화라……. 정말 게임 같군. 나는 정말 게임 세상 속에 들어와 있는 것일까?"

생각하는 것을 잠시 멈추고 나는 주위를 살폈다. 이런 전갈과도 같은 놈들이 더 있을 수도 있다. 어찌어찌하여 쉽게 처리했지만 더 강한 놈이 온다면 분명 힘들 것이다. 차분하게 주위를 둘러보자 꽤나 많은 수의 전갈이 보였다. 모래에 몸을 대부분 파묻고 있었지만 색이 약간 달라 집중해서 보면 찾을 수 있었다.

갑작스럽게 몸을 일으켜 서로를 잡아먹기도 하는 광경도 볼 수 있었다.

"동족 개념은 없는 건가?"

쿠오오오오—

"웃?"

갑자기 피부를 찌르는 듯한 기운이 나를 옭아매는 것이 느껴졌다. 고막을 때리는 굉장한 굉음은 나의 몸을 굳게 만들었다. 나는 다급히 몸을 낮추고 고개를 들어 소리의 원흉을 바라보았다.

"미친……!"

거대했다. 너무나도 거대한 전갈이었다. 광택이 흐르는 갑주를 입고 있는 전갈은 어림잡아 봐도 내 몸의 네 배는 되어 보였다. 갑옷 표피는 매끄러운지 사막의 모래가 전부 미끄러지며 떨어져 내렸다. 거대한 눈에서는 붉은 안광만 볼 수 있었다.

죽는다. 발각되면 순식간에 죽어버릴 것이다. 나는 온몸을 아예 모래에 파묻힐 정도로 낮추고 거대한 놈을 살펴보았다. 식은땀이 주르륵 흘러내렸다.

"장난이… 아니군."

딱 봐도 보스몹같이 생겼으니까 잡게 된다면 경험치나 아이템 같은 것을 잔뜩 주지 않을까?

미친 생각이다. 가능할 리가 없지 않는가!

두렵다. 너무나도 두렵다.

온몸이 떨릴 정도로 공포감을 느끼는 게임 따위, 있을 리가 없다.

"이게 가짜라고?"

과연 그럴 수가 있을까? 죽는다는 공포는 너무나도 실감이 났다. 서서히 게임과는 멀어지는 상황에 나는 머리가 굳어버리는 것을 느꼈다.

저것이 나에게 덤벼든다면 나는 분명 죽는다. 주위에 있는 것만으로도 몸이 굳어버리니 싸울 엄두는 도저히 낼 수가 없는 것이다. 아니, 도망칠 수도 없을 것이다.

"진정해라, 진정해!"

나는 떨리는 몸을 진정시키기 위해 심호흡을 했다.

"후우, 도대체 저건……."

나는 탐색이라는 스킬이 생각나서 저 전갈의 정보를 보려 했다.

'스킬이 발동될까?'

생각하기 무섭게 눈앞에 자그마한 창이 떠올랐다.

"허억!"

숨이 탁 막혔다. 내 시선을 느낀 것일까? 놈이 갑작스럽게 내 쪽으로 몸을 돌리자 온몸이 굳어버렸다. 치명적인 공포에 정신을 잃을 것만 같았다.

꾸욱—

나는 주먹을 꽈악 쥐었다. 도망가야 한다는 생각이 머릿속을 지배했지만 떨리는 몸이 말을 듣지 않았다. 괴물이 한차례 울음을 내뱉더니 시선을 돌렸다.

"후우……."

살았다. 나는 떨리는 손으로 얼굴을 쓰다듬었다. 잠시 그렇게 멍하니 있었다. 도저히 진정이 되지 않아서였다. 괴물은 나를 발견하지 못한 듯했다. 아니면 무시를 한 것인가? 침을 꿀꺽 삼키며 떠올라 있는 정보를 읽어보았다.

Information

[F+] 거대 사막전갈

가끔 보이는 거대한 사막전갈. 연구에 따르면 사막의 정수를 열 개 이상 흡수하면 가끔 이 같은 돌연변이가 탄생한다고 한다. 단단한 표피를 지녀 웬만한 검으로는 흠집조차 낼 수 없다.

*속성:토(土)

F+?

겨우 F+라고? 저런 미치도록 위압감을 내뿜고 있는 지랄 맞은 녀석이? 그렇다면 내가 방금 전에 잡은 놈은······.

Information

[一]사막전갈

사막에서 쉽게 볼 수 있는 전갈.

"후우."

나는 작게 납득하고는 몸을 더더욱 낮췄다. 사막전갈이 그토록 약했던 것이 이해가 갔다. 등급에서조차 나의 능력치에 크게 못 미쳤기에 쉽게 잡을 수 있었던 것이다.

거대 사막전갈이 큰 집게발을 휘두르며 작은 사막전갈을 사냥하고 있는 것이 보였다. 날카롭고 커다란 입으로 사막전갈을 씹어 먹는 모습에 절로 몸이 떨렸다. 저런 것에 걸렸다가는 내 몸은 갈기갈기 찢겨져 버릴 것이다. 고속 재생이라는 것이 있다고는 하나 온몸이 찢겨 죽는다면 그걸로 끝이다. 게다가 이 기술들이 실제로 내 몸에 적용되고 있는 것인지도 의문스러웠다.

다행히 저쪽이 날 발견하지 못했거나 무시하는 것 같으니 피해가면 될 것이다. 저런 놈이랑 싸운다는 것은 자살 행위와 다를 바가 없다.

나는 조용히 모래의 언덕을 내려왔다. 몬스터라 추정되는 것들은 사막에 굉장히 많이 분포되어 있는 것 같았다. 처음에는 몰랐지만 잘 살펴보니 사막전갈과 비슷한 생물도 굉장히 많았고, 가끔씩 모래 먼지가 솟구친 곳에서는 대형 몬스터들이 보였다. 이들은 자기들끼리 세력을 형성하고 싸우기도 했다.

이곳은 죽고 죽이는 세계였다. 그런 사막이었다.

"젠장! 빌어먹을, 젠장!"

나는 검으로 내려쳐 바로 앞에 있는 사막전갈을 갈라 버렸다. 숨이 턱까지 차오르지만 멈추지 않았다. 그리고 또다시 나타난 사막의 정수라는 아이템을 보았을 때, 나는 허탈하게 웃었다. 아이템이다. 몬스터 몸속에 있는 아이템.

도대체 여기는 어디인 것인가! 이런 미치도록 두려운 게임이 있을 수가 있나? 나는 어떤 실험이라도 당하고 있는 건가?

"하하⋯⋯."

실소를 머금었다. 미세하기는 하지만 스킬 레벨도 올라가는 것이 보였다. 보이는 족족 잡는다면 레벨이라도 오르게 되는 건가? 강해질 수 있는 건가?

나는 검을 이용하여 사막전갈의 잔해를 살펴보다가 고개를 돌렸다.

전갈이 보인다. 숨어 있는 것이 확실하게 보였다. 놈은 나를 노리고 있다. 왠지 모르게 그것을 알 수 있었다. 죽여야 한다, 위험해지기 전에!

나는 모래에 숨어 있는 사막전갈에게 뛰어들며 단숨에 검을 수직으로 내리꽂았다. 초록색 피가 뿜어져 나왔지만 내 몸에 묻지는 않았다.

축 늘어져 있는 사막전갈의 사체에서 사막의 정수를 빼고는 검의 피를 털어내었다. 미칠 것 같은 정신을 간신히 부여잡으며 전갈의 시체를 헤집었다. 무언가 열중하지 않으면 미쳐 버릴 것 같았다.

"젠장!"

슬슬 날이 어두워지고 있다. 사막의 밤을 체험해 본 적은 없지만 무척이나 위험할 것 같다.

'분명 위험하겠지.'

그것도 무척이나 심하게.

지구의 상식이 적용되지 않는 곳이니 더더욱 그랬다. 그렇기에 시야가 좁아지는 밤은 정말로 위험했다. 어딘가 막혀 있는 곳을 찾아야 하는데, 이런 넓은 사막에서 그런 곳을 찾기란 불가능해 보였다.

나는 이미 응고가 되어버린 녹색 피가 잔뜩 묻어 있는 검을 바라보았다. 이걸로 내 목을 긋는다면 나는 다시 깨어날 수 있을까? 다시 시작할 수 있을까? 정말로 죽어버리는 건가? 나는 지금 살아 있는 것일까? 이미 죽은 것은 아닐까?

"아……."

나는 검을 떨어뜨렸다. 해가 수평선 너머로 지는 모습은 참으로 아름다웠다. 붉게 물든 사막의 정경도 이때만큼은 마음을 따듯하게 만들었다. 뭔가 가슴을 울컥거리게 만들어 버렸다.

나는 살아 있다. 그리고 살아남아야 한다.

'이런 곳에서 죽을 수는 없어. 나는……!'

누군가와 말을 섞고, 그리고 이야기하는 취미는 없었지만 지금의 광경을 보고 있노라면 무척이나 아름답다고 꼭 설명해 주고 싶었다.

검을 다시 줍고 마음을 가다듬었다. 죽을 수는 없다. 무엇이라도 해야 한다. 움직여야 한다!

나는 달렸다. 모래에 발목까지 쑥쑥 박혀 속도는 느렸지만 나는 달렸다. 이런 아름다움 뒤에 찾아올 무서움이 예측되었기에 나의 속도는 더더욱 빨라졌다.

어둠이 깔리기 시작했다. 탁 트인 곳에서 맞이하는 어둠은 나에게 형용할 수 없는 공포를 주었다. 나는 한차례 심호흡을 하고 검의 손잡이를 쓰다듬었다. 무기가 있다는 것만으로도 조금은 안심이 되어갔다.

'나도 참 알 수 없는 놈이로군. 어찌 되든 좋다고 자포자기 할 때는 언제고 살려고 발버둥 치다니…….'

"아름답다."

하늘을 바라보았다. 별이 가득했다. 너무나도 뚜렷하게 보이는 은하수와 그 옆에 떠 있는 두 개의 달. 푸른빛을 뿜어내고 있는 달은 나에게 신선한 충격을 주었다.

그 달들이 이곳이 결코 내가 알고 있는 세계가 아님을 또 한 번 일깨워 주었다.

Chapter 02
어둠의 서

　바보처럼 고독감을 느끼고 있던 나는 고개를 세차게 털었다. 오랜 세월 혼자였고, 앞으로도 혼자인 것이 당연했다. 그러니까 새삼스럽게 고독감 따위에 흔들릴 필요는 없다.

　"음……?"

　앞쪽에서 미세하지만 빛이 보였다. 사방이 어둡고 달빛마저 그리 소용이 없는 상황에서 빛은 나에게 무언가 희망을 주었다. 나는 검을 빼어 들고 조심스럽게 빛을 향해 걸었다. 내 발걸음 소리 외에는 아무런 소리도 들리지 않았다.

　나는 그것이 더욱 두려웠다. 바람 소리조차 없는 사막의 밤이 두려워졌다. 사막 전체가 죽어버린 것같이 느껴졌기 때문이다. 마치 시체의 속에 들어온 듯한 느낌이다. 내가 금방이라도 녹아버릴 것 같았다.

'바보 같은 생각은 하지 말자. 쓸데없이 두려워하지 말자.'

나는 식은땀을 애써 닦으며 빛으로 향했다.

"후……."

얼마 안 되는 걸음이었지만 심적으로 무척이나 지쳐 버렸다.

"문?"

나는 바닥을 잘 살펴보았다.

모래 틈으로 빛이 새어 나오고 있었다. 나는 손으로 모래를 걷어냈다.

문이 있었다. 고리가 달려 있어 열 수 있는 형태의 문이었다. 나는 조금 망설이다가 고리를 당겨 문을 열었다.

"윽……."

눈부심에 잠시 눈을 찡그렸다. 안을 들여다보자 긴 계단이 보였다. 벽에 달린 기이한 수정이 오묘한 빛을 발하고 있었다.

'들어가 볼까?

그래, 어차피 여기 있어도 나아지는 건 없다. 나는 검 손잡이를 꽉 쥐고는 안으로 들어섰다.

텅—

문을 닫자 묘한 안도감이 밀려왔다. 사막에서 벗어났기 때문인가? 아니, 벗어난 것이 아니라 사막 밑으로 숨어버린 것일 테지. 어두운 사막을 보지 않는 것만으로도 나는 안심하게 되어버렸다.

거친 숨결이 조금은 안정이 되어갔다.

'이곳은 어디로 통할까?'

나는 한 걸음씩 천천히 내려가기 시작했다. 좁은 계단을 내려가자 점점 공간의 크기는 거대해져 갔다. 계단 끝에 이르자 긴 복도가 보였다. 복도라고는 하나 동굴보다는 조금 반듯한 정도였다. 인위적인 손때가 묻은 그런 느낌이었다.

오래되어 먼지가 가득했고, 거미줄이 엉망진창으로 널려 있었다.

"음?"

벽에 글자가 새겨져 있었다. 손으로 거미줄을 치워내고 쓱쓱 문질렀다. 그러자 글자가 모습을 드러냈다.

"연구소 비상 탈출구?"

글자 밑의 화살표가 내가 온 방향으로 향해 있었다. 내가 들어온 곳이 탈출구인 듯싶었다.

"그렇다면 이쪽으로 가면 연구소겠군."

앞 글자가 부식되어 있어 무슨 연구소인지는 읽을 수 없었다.

힘을 주어 만져보니 글자가 손쉽게 지워져 버렸다. 부식 정도가 심해 단지 손가락으로 누르는 것만으로도 크게 훼손된 것이다.

'이 정도로 방치해 놨다면……'

사람이 있을 확률은 그다지 없을 것 같았다. 그렇게 생각한 나는 긴 복도를 따라 걷기 시작했다. 애써 냉정한 자신을 이미

지하며 마음을 가라앉혔다.

복도 끝에 이르자 매우 낡아 보이는 문이 보였다. 손잡이를 당겨보았다.

삐걱― 덜커덩.

문이 통째로 빠져나가 쓰러져 버렸다. 나는 잠시 쓰러진 문을 보다가 안으로 들어섰다. 안은 커다란 홀 형식으로 되어 있었는데, 은은하게 빛이 들어와 그럭저럭 사물을 분간할 수는 있었다.

또각― 또각―

바닥은 조금은 미끄러울 법한 재질로 되어 있었다. 나는 중앙을 향해 나아가다가 벽 쪽에 레버가 있는 것을 보고 그곳으로 다가갔다.

비상 마력 발전기.

"마력 발전기?"

거미줄이 쌓여 있었지만, 그렇게 심하게 부식되지는 않았다. 적어도 레버 손잡이가 부서질 정도는 아니었다. 나는 내려와 있는 레버를 위로 올렸다.

팅― 두으으―

무언가 기계가 돌아가는 소리와 함께 빛이 번쩍했다. 형광등이 들어오는 것처럼 그렇게 반복적으로 반짝였다가 어느 순간 틱 하고 실내가 환하게 밝혀졌다.

"…젠장……."

아마 과거에는 전체적으로 하얀색이었을 것이다.

하지만 지금 내가 보고 있는 것은 굳어버린 피의 바다. 벽에는 온통 피 묻은 손바닥 자국이 가득했고, 사람의 것으로 보이는 뼈가 여기저기 아무렇게나 버려져 있었다.

"욱……."

더욱 충격적이었던 것은 중앙에 모여 있는 유리관이었다. 도저히 봐줄 수 없을 정도로 끔찍한, 사람의 모양을 한 괴물들이 유리관 속에 가득했다. 기이할 정도로 몸이 부풀려져 터질 것 같은 것도 있었고, 사람의 신체를 마구 갖다 붙인 것 같은 여인도 있었다. 나는 올라오는 구토감에 시선을 돌릴 수밖에 없었다.

심호흡을 한 후 다시 바라보았다. 역겨운 느낌은 지워지지 않았지만 속이 울렁거리지는 않았다. 어떤 용도인지 알 수 없는 기기들이 거의 대부분 무엇인가에 뜯어 먹힌 것처럼 잘려나가 있었다.

도저히 적응할 수 없는 광경에 나는 검 손잡이를 꽉 잡으며 주위를 살폈다.

중앙을 기점으로 오른쪽 끝에 문이 보였다. 온통 굳어버린 피범벅인 벽에 비해 아주 깨끗하고 고급스러운 나무문이었다. 마치 다른 세상으로 통하는 문으로만 보였다. 나는 천천히 그 문으로 다가가 손잡이를 잡았다. 그리고 한 손으로는 조심스럽게 문을 열고 다른 한 손은 검을 치켜들어 혹시 모를 습격에 대비했다.

"후……."

문은 소음 하나 내지 않고 너무나도 자연스럽게 열렸다. 조심스럽게 안으로 진입했다. 탁한 냄새가 코끝을 찔러왔다.

어두웠지만 사물을 분간할 정도는 되었다. 개인 서재와 비슷했다. 커다란 수납장에 책이 가득했고, 목재로 되어 있어 무언가 따듯한 분위기가 흘렀다. 바닥은 매끄러워 보였는데, 다만 먼지가 많이 쌓여 있어 깨끗하지는 않았다.

걷는 것만으로 발자국이 생길 정도로 먼지가 쌓여 있었다. 얼마나 오랫동안 이렇게 방치된 것일까? 바로 앞에 책상이 있었다. 그리고 의자에 기대앉아 있는 누군가가 보였다. 검은 로브를 눌러쓰고 아무런 소리 없이 앉아 있는 사람. 마치 곧 흔적도 없이 사라질 것 같은 사람이 보였다.

그 사람을 향해 무언가 말하지는 않았다. 알고 있었다. 로브 사이로 보이는 뼈가 그가 죽어 있다는 것을 알려주었기 때문이다.

시체다, 그것도 뼈만 남은.

"…젠장."

두려웠다. 시체가 두려웠고, 이런 말도 안 되는 상황이 두려웠다.

"어째서 내가 이런 끔찍한 광경을 보지 않으면 안 되는 거지? 도대체 왜!!"

도대체 이곳은 어디야? 어디까지가 현실인 거야?

하지만 이대로 두려워하고 있어서는 안 된다. 이곳이 어디인지 명확히 알려면 두려움을 버리고 최소한 몸을 지킬 수 있을 정도로 강해지지 않으면 안 된다. 게임으로 따지면 경험치를 쌓는 것에 집중을 해야 한다는 것이다. 간단하게 생각하자.

두려움을 죽이고 이성적인 판단을 해야 한다.

나는 마음을 가다듬고 검은 로브의 시체로 다가갔다. 떨리는 손으로 로브를 잡자, 뼈가 분해되며 몸이 급격히 기울어 바닥에 나뒹굴었다. 다행스럽게도 뼈가 살아나 움직인다거나 하지는 않을 모양이다. 분위기로 봐서는 꼭 다시 움직일 것 같았다.

책상 위에 있는 책이 눈에 들어왔다. 나는 책을 집어 들었다.

어둠의 서.

아이템 정보를 읽을 수 없었다. 스킬 레벨이 낮아 D등급 이상의 아이템은 감별하지 못하는 것이 생각났다. 그렇다면 이 어둠의 서는 D등급 이상의 아이템이란 말이 된다.

'책 형식으로 되어 있다면 스킬 북인가?

아니, 그냥 단순한 책일 수도 있다.

나는 어둠의 서를 바라보다가 조심스럽게 첫 페이지를 열었다. 책이니 적어도 읽을 수는 있을 테지. 모르는 글자가 아니라면.

"윽?!"

순간 책에서부터 검은색 구가 공중으로 솟아올랐다. 빛을 삼키며 어두운 원을 형성하고 있어 마치 블랙홀을 보는 듯했다. 그 모습이 마치 날 유혹하는 것 같았다.

나는 천천히 손을 뻗어 그것을 만져보았다.

그것은 손가락 끝에 닿는 순간 팔을 휘감으며 내 몸속으로 사라져 버렸다.

지잉—

갑작스럽게 덮쳐 오는 두통에 나는 책을 떨어뜨리고 말았다. 시큰거리는 머리를 부여잡자 고통이 사라지기 시작했다.

Skill

[F]어둠의 각인─ㅁ.ㅁㅁ%

암흑 속성의 마나[암흑 마기]를 효과적으로 다룰 수 있는 신체로 변모한다. 부작용없이 암흑 마기를 다룰 수 있을 정도의 능력. 재생력이 비약적으로 올라 시간만 충분하다면 사지가 잘린 정도는 무리없이 재생 가능하다.

Skill

[F]어둠에 대한 친화력—ㅁ.ㅁㅁ%

어둠에 대한 내성을 지닌다. 어둠 안에서 사물을 분간할 수 있고, 간단한 저주를 튕겨내는 정도의 능력. 실질적인 효과를 보기는 어렵다. 기감에 민감한 자들에게 두려움을 줄 수도 있다.

Skill

[F]기초 암흑 마법—ㅁ.ㅁㅁ%

기초적인 암흑 마법을 다룰 수 있다. 암흑 마기를 잠깐이나마 방출할 수 있을 정도의 능력. 효과적인 살상 마법을 기대하기란 어렵다. 기본적인 서클 마법과 병행이 가능하지만 보조, 치유 계열 능력이 반감되는 대신 파괴력은 비약적으로 오른다.

> 레벨이 올랐습니다.

기술 목록이 업데이트되었다. 단지 책을 펴고, 그것에서 나온 기운을 잡는 것만으로 스킬을 익힌 모양이다. 생소한 느낌이 드는 것으로 보아 확실히 스킬이 익혀진 것 같았다. 시야가 조금 밝아진 것 같았고, 기이하게 느껴지는 흐름이 있었다.

방금 전까지만 해도 아무것도 느낄 수 없었는데, 스킬을 익히니 확연하게 느껴지는 것이었다. 하지만 지금은 그것뿐이었다. 어떻게 그것을 다루고 움직일 수 있는지는 몰랐다. 어둠의 서에 쓰여 있겠지.

'아이템을 감정하지 않아도 스킬은 익힐 수 있는 건가?

지금 생긴 스킬을 잘 활용하려면 어둠의 서를 연구하거나 부가적인 노력이 필요할 듯싶었다. '기초 암흑 마법'이라는 스킬이 생겼어도 나는 마법 따위는 쓸 줄 모르니까.

정보가 추가되었다. 스킬 레벨이 낮아 자세한 정보는 볼 수 없었지만 어둠의 각인이 있어서인지 책 안의 내용은 읽을 수 있었다.

나는 일단 어둠의 서를 주머니에 넣고 주위를 둘러보았다. 하나라도 더 좋은 아이템을 입수해야 다가오는 위험에서 멀어질 수 있을 것이라 여겼다. 죽으면 어떻게 되는지 모르는 이상 나는 한시도 방심할 수가 없었다.

나는 책상을 뒤적거리다가 책상 서랍을 열었다. 서랍 안에는 자그마한 단검 하나가 놓여 있었다. 화려한 무늬가 새겨져 있어 매우 값비싸 보였다.

Item

[E+]뇌격의 단검

높은 수준의 인첸트 단검. 상대 몸을 마비시킬 수 있는 전격 마법이 걸려 있다. 일회성이긴 하나 마나 실드를 뚫는 치명적인 일격이 가능하다. 전투용으로도 사용 가능하나 보통 촉매제로 쓰인다.

속성:뇌(雷).

공격 랭크:F+ [E+]

전격 마법이 걸린 단검이었다. 검집에 화려하게 보석이 박혀 있는 모습이 꽤나 값이 나갈 듯했다. 유사시에 매우 도움이 될 것 같았다. 나는 단검을 다리춤에 잘 매달아서 언제든 뽑아 사용할 수 있게 했다.

땅바닥에 떨어진 로브를 뒤적거리자 돈주머니 하나가 나왔

다. 화려한 양각의 금화가 많이 들어 있었다. 이곳의 돈 단위
는 모르지만 이것은 보석으로도 상당한 가치를 지닐 듯싶었
다. 앞으로 어떻게 될지 모르는 이상 도움이 될 만한 것은 다
챙겨 넣었다.

　“그럼…….”

　내가 들어온 것이 비상 탈출구였다면, 분명 어딘가 정상적
인 입구가 있을 것이다. 그 입구를 찾는 것이 급선무였다.

　나는 크게 심호흡을 하고 밖으로 나갔다. 잔인한 광경을 애
써 담담히 받아들이고 반대쪽에 있는 커다란 문으로 향했다.
문은 완전히 뜯어져 있어 여는 수고를 하지 않아도 되었다.

　힘없이 반짝거리는 실내등이 먼저 눈에 들어왔다. 벽은 많
이 파손되어 있었고, 바닥은 돌과 먼지 투성이였다. 무엇인지
모르는 체액이 바닥에 말라붙어 있었다.

　나는 검을 들고 조심스럽게 앞으로 나아갔다. 뜯겨 있는 커
다란 문을 지나자 역겨운 냄새가 몰아쳤다.

　“윽.”

　시체들이 있었다. 인간의 것으로 보이지 않는, 괴이하게 변
형된 신체. 팔이 있을 곳에는 징그러운 손톱이 달려 있었고 얼
굴은 뭉그러져 있었다. 굶어 죽은 것인지 배가 홀쭉하게 들어
가 있었다. 썩어들어 가고 있긴 하지만 육체가 남아 있는 것으
로 보아 죽은 지 그리 오래되어 보이지는 않았다.

　키이이이.

"무슨……!"

시체들 사이로 울음소리가 들렸다. 어둠 속에서 붉은 눈동자와 마주쳤다. 닥쳐오는 공포감에 나는 뒤로 주춤 물러났다.

키이…….

괴물이었다. 죽어가는 괴물.

바닥에 붙어 꿈틀거리고 있었다. 번뜩이는 붉은 눈동자로 나를 보고 있었지만 결코 일어나지는 못했다. 나를 잡아먹고 싶다는 꿈틀거림이 처절하게 느껴졌다. 나를 먹이로 생각하고 있었다.

꿀꺽.

나는 침을 삼키고는 조심스럽게 다가갔다. 내가 다가오자 거대한 입을 벌려 나를 물려고 했다. 그러나 그 움직임은 처절한 것에 비해 효과가 없었다. 말라 비틀어져 버린 사지가 움직이지 않았기 때문이다.

나는 결심을 굳히고는 검을 들었다. 무엇을 위해 태어난 괴물인지는 모르지만 죽여야 한다는 느낌이 강하게 들었다.

"죽일 수 있을까? 이런 괴물을?"

하지만 극복해야 한다. 나는 망설이다가 결심을 굳히고는 강하게 검을 휘둘렀다.

툭—

피가 튀지는 않았다. 괴물의 머리가 떨어지며 한차례 부르르 떨더니 그대로 죽어버렸다. 괴물에게로부터 뿜어져 나온 파란 구슬이 내 몸에 날아와 흡수되었다.

무언가 강한 기운이 몸으로 들어오는 느낌이 들었다.

> 레벨이 올랐습니다.

> 레벨이 올랐습니다.

"레벨이라……. 경험치라는 건가?"

나는 긴장이 풀려 다리에 힘이 빠져 버렸다. 괴물이 정상이 었다면 나는 당해 버렸을지도 모른다.

'아니, 당했겠지. 운이 좋았다고 생각하자.'

Status

이름:—등록되지 않음—

레벨:4[23.20%]

칭호:초보 여행자

근력:10   민첩:10

체력:12   내구:12

지능:20   매력:15

Point:15

[10보다 낮은 능력치는 표기되지 않습니다.]

나는 일단 근력과 민첩에 각각 5씩 투자한 다음 체력과 내구에 3과 2씩 나누어 배분했다. 검을 들자 확실히 가벼워진 느낌이다. 이로써 수치가 능력에 영향을 미친다는 것이 확인되었다.

"지능을 올린다면 똑똑해지는 건가? 매력을 올리면… 음……."

괴물을 보고 겁먹은 것이 방금 전이었는데 이렇게 태평해지다니. 나도 어딘가 망가져 버린 것이 아닐까?

"후우."

작게 숨을 내쉬고 나는 주위를 둘러보았다. 어딘가에 출구가 있을 것이다. 출구로 나간다고 해도 사막일 것이 뻔했다. 일단은 이곳에 머물러야겠지. 그러니 이곳의 구조를 봐두는 것이 좋았다. 머물 수 있을 정도로 안전하다면 조금 더 있어도 나쁘지 않을 것 같았다.

이곳은 생각보다 넓었다. 괴물의 시체들이 쌓여 있던 곳을 지나자 숙소로 보이는 곳이 나타났다. 피범벅인 곳도 있었지만 깔끔한 곳도 있었다. 복도를 지나 끝에 이르자 삐걱거리는 문이 보였다.

문을 잡아당기자 퍼석 하고 문이 무너져 내렸다. 위로 올라가는 계단이 보였다. 조명이 없어 그 끝을 볼 수는 없었지만 바람이 들어오는 것으로 보아 출구가 있는 모양이다.

건조한 바람이었다. 묻어 있던 물기마저 금세 말라 버릴 정도로.

　이곳의 구조는 간단해서 한차례 돌아보는 것만으로도 지리를 다 익힐 수 있었다. 본래는 엄청 복잡한 구조였던 것 같다. 하지만 무너져 막혀 버린 곳을 제외하니 한 번에 외울 수 있을 정도로 간단해진 것이다. 조명도 은은하게 들어오고 실내 공기도 나쁘진 않았다.

　전력인지 마력인지 모를 것이 복구되면서 공기 정화기가 작동되는 모양이었다.

　음식과 물이 없다는 것이 아쉬웠다. 지금 가지고 있는 음식으로는 얼마 버티지 못할 것이다. 음식은 당분간 사막전갈을 먹으면 되겠지. 구워 먹는다면 어떻게든 될 것 같았다. 일단은 물을 구하는 것이 급선무였다.

　가장 깔끔해 보이는 방으로 들어갔다. 문도 정상적으로 열리고 안에 침대가 있었는데 냄새가 좀 나긴 하지만 나름 푹신했다. 문을 닫고는 검을 손에 닿는 곳에 잘 세워놓았다. 자는 동안 누군가가 습격할 수도 있겠지만 지금은 그런 위험을 감수하고서라도 쉬고 싶었다.

　죽더라도 지금은 쉬고 싶다.

　침대에 누워서 한숨을 쉬어보았다.

　'나는 어디에 있는 걸까? 그리고 무엇을 해야 할까?

　복잡한 머리가 멍해지자 금세 의식이 끊겼다.

Chapter 03
지하 둥지, 그리고 사막

지하 둥지.

나는 이곳을 지하 둥지라 이름 붙였다. 지하 둥지 생활은 나쁘지 않았다. 지하 둥지 안에 살아 있는 몬스터는 없었고, 출구 근처에 자그마한 오아시스까지 있었다. 처음 오아시스를 발견했을 때는 정말 기뻐서 춤이라도 추고 싶었다.

하지만 상당히 큰 오아시스임에도 나는 다가가지 못하고 한동안 관찰을 해야 했다. 오아시스에는 주인이 있었다. 보는 것만으로도 온몸이 굳어버릴 정도의 위압감을 뿜어내는 굉장한 몬스터. 낮과 밤의 지배자가 따로 있었는데, 몬스터 무리가 물러나는 시간, 해가 막 지는 시간대를 노려 물을 퍼올 수 있었다. 밤에는 근처에 갈 수 없을 정도로 위험한 놈들이 많았다.

식량은 주로 작렬하는 사막의 태양 아래에서 사막전갈을 구워 먹었다. 단단한 등판을 뜯어 모래에 놓으면 벌겋게 익기 시작한다. 그 위에 고기를 얹으면 지글거리면서 익었다. 전갈의 맛은 약간은 게와도 비슷했다. 조금 쓴맛이 강하긴 하지만 나름대로 먹을 만했다. 경험치도 조금씩 줘서 레벨 6에 도달할 수 있었다. 레벨 6이 되니 더 이상의 경험치 증가는 없었다.

알아낸 것이 있다면 몬스터를 죽이면 몬스터 안에서 마력구 같은 것들이 나한테 흡수가 된다는 것이다. 그것이 흡수가 되면 경험치가 올랐다. 그것이 내 몸에 무언가 변화를 줄 수 있는 에너지 같았다. 또 한계에 이를 정도로 몸을 혹사시키면 능력치가 오르기도 했다.

나는 모래언덕에 엎드려서 다른 몬스터에게로 눈을 돌렸다. 사막에는 상당히 많은 몬스터 파벌이 있었다. 우두머리가 존재했고, 그 우두머리를 따르는 부하 몬스터들이 존재했다. 오아시스를 두고 싸우기도 했는데 현재의 오아시스 주인은 사막의 검은 전갈왕이었다.

Information

[??]사막의 검은 전갈왕

스킬 랭크가 낮아 정보를 볼 수 없습니다.

붉은 안광을 빛내고 있는 초대형 전갈을 바라보았다. 보는 것만으로도 몸이 굳어버리는 느낌이다. 두려움을 주는 무형의 무언가가 날 휘감아 버리는 느낌에 도저히 대적할 마음이 들지 않았다.

"후……."

간신히 두려움을 억누르며 다른 몬스터를 찾아 이동했다.

F랭크 정도의 몬스터를 잡아야지 어느 정도 경험치가 오를 것 같았다. 오아시스를 기점으로 주위에는 상당히 많은 몬스터가 몰려 있었다. 무리를 이루고 있는 놈들은 건드리지 않고 따로 떨어져 나와 있는 놈들을 건드리는 것이 좋았다.

나는 검을 치켜들고 정면을 바라보았다.

Information

[F] 거대한 사막 지렁이

사막에만 산다는 전설 속의 거대 지렁이. 주로 모래를 먹고산다. 무엇이든 날카로운 이빨로 갈아 모래로 만들기 때문에 사막화의 주범이기도 하다.

*속성:토(土).
*공격 랭크:F

그나마 가장 만만한 녀석이었다. 지렁이라고는 하지만 몸길이가 3m는 되어 보였다. 지렁이라기보다는 거대한 뱀과도 같았다. 모래를 먹으면서 꿈틀거리고 있는 녀석을 보며 나는 천천히 다가갔다.

샥—

무언가 느낀 것인지 놈이 머리를 치켜들었다. 눈은 없었고 단지 날카로운 이빨만 보였다. 끔찍한 이빨이 눈앞에서 크게 확대되어 보이는 느낌에 나는 당황했다.

"큭!"

나는 간신히 주춤거리며 피했다. 생각보다 빠르다. 방심 따위는 할 리가 없었는데, 너무나 당황해 버렸다. 이래서는 죽는다.

위에서부터 찍어 내려오는 공격은 상당히 빨랐다. 다시 녀석이 머리를 치켜들었다.

'같은 패턴인가?'

식은땀이 뺨을 타고 바닥에 떨어졌다. 등은 이미 축축했다. 진정으로 나를 죽이려 하는 존재와 싸우고 있는 것이다. 굳어 있는 몸이 조금씩 풀리면서 묘하게 흥분되었다.

죽이지 않으면 죽는다.

그것이 나를 과감하게 만들었다.

일정 거리 이상 다가오자 또다시 같은 공격이 이어졌다. 나는 검을 신중하게 들고 녀석의 공격권 안에 들어갔다. 녀석이 머리를 땅에 박는 순간!

서격—

온 힘을 다해 중간을 잘랐다. 역겨운 피와 함께 가죽이 두 갈래로 찢어졌다.

키에에에엑!!

기분 나쁜 소리와 함께 두 토막 난 녀석의 몸이 마구 꿈틀거렸다.

"큭!"

꿈틀거리는 몸에 얻어맞아 뒤로 크게 나자빠졌다. 검은 이미 놓쳐 버려 바닥에 나뒹굴고 있었다.

키, 키에엑!

지렁이는 두 토막 나고도 상당히 오랜 시간 동안 꿈틀거렸다. 피를 뿜어내던 지렁이는 모래에 파묻히며 그대로 죽어버렸다. 생명을 끊어버리는 죄책감이 들 리가 없다. 저 끔찍한 괴물 앞에서는 그런 생각조차 할 수 없었다.

> 내구가 상승합니다.

내부가 진탕이 되는 느낌이 들었지만 다행히 큰 상처는 없었다. 지렁이에게로부터 전갈을 잡을 때보다 더 밝은 빛이 나에게 뻗어왔다. 역시나 묘한 흥분을 주었다.

> 레벨이 올랐습니다.

> 스킬 정보가 업데이트되었습니다. '[F—]어설픈 실전 검술'이

‘[F]어색한 실전 검술’로 상승합니다. ‘[D]탐색’이 ‘[D+]감정’으로
상승합니다.

Status

이름:―등록되지 않음―

레벨:7[23.20%]

칭호:초보 여행자

근력:20   민첩:20

체력:19   내구:18

지능:21   매력:15

Point:0

[10보다 낮은 능력치는 표기되지 않습니다.]

확실히 경험치가 많이 올랐다. 위험을 감수해야 했지만 이
정도 속도라면 금방 10을 돌파할 수 있을 것 같았다. 나는 능
력치를 배분하고 나서 다시 검을 들었다.

Skill

[F]어색한 실전 검술―5%

마구잡이 검술이지만 그럭저럭 이득을 볼 수 있는 검술이다. 어설픈 초보 검사가 주로 사용할 법한 검술. 제대로 된 지도를 받지 않는 이상 정식 검술로 계승되기에는 어렵다. 뼈를 깎는 노력을 한다면 독특한 검술로 발전될 수도 있다.

Skill

[D+]감정—ㅁ%

D+등급 이하의 아이템을 감정할 수 있고, [—랭크의 몬스터 정보를 볼 수 있다. 장인의 안목 정도는 아니지만 보통 사람으로 볼 수 없는 안목이다. 상위 랭크로 간다면 사람의 능력 또한 파악할 수 있을 듯하다.

주로 쓰는 스킬이 올랐다. 마력에 대한 것은 나에게는 완벽히 다른 개념이라 따로 연습하지 않았다. 수련한다고 해도 더딜 것이 분명했기에 나는 눈에 보이는 것을 수련했다.

Skill

[E+]고속 재생—13.32%(어둠의 각인으로 인한 등급 상승)

고속 재생은 같은 랭크였지만 몇 번 얻어맞다 보니 그럭저럭 경험치가 오르는 것이 보였다. 뼈가 상해도 몇 시간이 지나지 않아 완전히 회복되는 능력은 참으로 편리했다. 죽지만 않는다면 웬만한 부상에 대한 걱정은 하지 않아도 되는 것이다.

그러니까 충분히 모험을 할 가치가 있었다.

나는 지렁이가 숨어 있는 사막을 바라보며 긴 숨을 내쉬었다. 그리고 고개를 치켜들었다. 솔직히 두려웠다. 상처를 입는 고통이, 날 죽일 수 있는 저 몬스터들이.

'하지만……'

사막에서 벗어나기 위해서 나는 강해져야 한다. 사람을 만나 자세한 사정을 듣기 위해 나는 강해져야 한다. 나는 아직 죽고 싶지 않으니까. 이대로 죽음을 생각하기에는 너무나 억울했다. 모든 것이 불확실하다. 죽게 된다면 어떻게 될지 예측조차 할 수 없게 되어버렸다.

나는 살아남고 싶다. 그러니 참을 수밖에.

사막은 불규칙한 흐름을 보이는 것 같으면서도 늘 규칙 속에서 돌아갔다. 바람이 부는 방향도, 모래의 흐름도, 몬스터의 교체 시기도 모두 다 시기가 있고 주기가 있었다. 그것은 마치 정교한 기계의 부품처럼 늘 일정하고 정확했다. 그 흐름에 도태되어 버린다면 바로 죽음으로 이어졌다.

낙후된 존재에게는 가차없는 곳.

살기 위해서는 스스로 강해질 수밖에 없는 그런 곳이었다. 그렇기 때문에 존재하는 몬스터들은 너무나도 강했다.

그런 사막에서 유일하게 희망이란 것을 품게 해줄 만한 존재가 있다면 그것은 바로 오아시스였다. 평범한 물이 아니란 것은 처음 맛을 보았을 때부터 알고 있었다.

Information

[D] 빛의 오아시스

전설 속에서만 존재한다고 알려지는 기이한 빛을 뿜는 오아시스. 한 모금만 먹게 된다면 물 없이도 며칠 동안을 버틸 수 있다.

*강력한 해독 작용.

전갈 껍질로 만든 그릇에 오아시스를 담아 보관하였다. 구할 수 있는 것은 소량이었지만 그것만으로도 충분했다. 나는 모든 시간을 레벨 업에 힘썼다.

"후……"

나는 강해진다. 강해지고 있다.

몸이 한계에 이를수록 나는 더더욱 강해지는 느낌을 받았다. 경험치가 쌓여서 레벨 업을 하는 것이 바로 그런 느낌이었다.

"음……."

사막에 적응한다는 것은 거대한 사막의 흐름 속에 순응하는 것.

약한 몬스터를 잡고, 그것을 먹어 생존한다. 나는 단계적으로 몬스터를 잡아 레벨을 올리는 일에 주력했다. 레벨을 올리는 과정에서 능력치가 향상되고, 레벨이 올랐을 때 주어지는 스탯 포인트는 정말로 나를 강하게 만들어주었다.

"이제 제법 검사 같군."

청소를 해서 제법 깔끔해진 홀에서 나는 검을 치켜들었다.

나는 검을 배운 적이 없다. 검을 어떻게 쥐어야 하는지, 자세를 어떻게 잡는지 그런 것은 알지 못했다. 다만 몬스터를 벨 때의 감각을 기억하고 좀 더 효과적이고 빠르게 벨 수 있는 길을 연습하고 있었다.

검이 익숙하게 느껴지니 나도 조금은 성장한 것 같았다.

Status

이름:─등록되지 않음─

레벨:15[33.2□%]

칭호:초보 여행자

스킬은 큰 변화가 없었지만 육체는 많은 변화가 있었다. 내구를 올릴수록 신체가 단단해지는 느낌을 받았다. 힘도 비약적으로 올라 주먹으로 돌로 된 벽에 금을 낼 수 있을 정도로 강해졌다. 조금 더 레벨을 올려 힘을 키운다면 바위쯤은 아무렇지도 않게 부술 수 있을 것 같았다. 게다가 상처가 생기면 아무는 것이 눈에 보일 정도였다.

"초인이 되어가는 건가?"

초인인가.

확실히 예전의 기준으로는 초인 측에 속할 것이다. 하지만 인간으로서 초인이라 불릴 만한 힘을 가졌어도 이곳에서는 무척이나 약한 약자에 속했다. 아직까지 대형 몬스터는 물론이고 중형 몬스터와도 눈을 마주치지 못할 정도다. 그 위압감은 견뎌내기 힘들었다.

'더군다나 그 크기는……'

마치 거대한 집을 보는 것 같은 무지믹지한 크기의 대형 몬스터는 아무리 레벨 업을 한다고 해도 없애는 것은 무리로 보였다. 단순한 강함을 넘어선 다른 무언가가 있는 느낌을 받았다.

나는 사막으로 나가 능숙하게 몸을 낮추고 주위를 살폈다.

물은 저번에 떠놓은 것이 있으니 당분간은 보충할 필요가 없었다. 지금은 사냥을 할 때였다. 사막뱀 고기나 전갈, 그리고 가끔씩 보이는 거대 사막여우 등은 좋은 먹이였다.

나는 적응해 나가고 있다. 어떻게든 절망하지 않고 긍정적으로 생각하도록 노력하며.

가끔씩 몬스터 몸속에서 발견되는 구슬을 모으거나 하는 일에 열중하기도 했다. 아이템 정보를 보면 희귀까지는 아니지만 그럭저럭 비싸다고 한다. 어떤 일이 발생할지 모르니까 좋은 것은 모아두는 편이 좋았다.

사냥감을 발견한 나는 빠르게 접근했다. 등급이 있는 불꽃 전갈이었다.

마치 불같이 타오르는 껍질 모양이 인상적이었는데, 실제로 흥분하면 불이 일렁거렸다.

끼이익—

잘 들어가지 않는 검을 억지로 쑤셔 넣자 불꽃이 튀며 껍질이 갈라졌다. 이런 조잡한 검술이 그나마 통용되는 것은 전갈의 크기가 무척이나 커서일 것이다. 스탯 포인트를 전부 민첩과 힘, 그리고 체력에 투자했기에 내 몸놀림은 상당히 날렵해지고 힘이 들어가 있었다.

푸식—

검을 뽑고는 발작하는 전갈을 향해 아래에서 위로 강하게 그었다.

텅—

전갈의 몸이 살짝 공중에 떴다.

그 틈을 놓치지 않고 나는 검을 마치 방망이처럼 위에서 아래로 내려쳤다.

퍼억—

베었다고 보기보다는 망가뜨렸다는 말이 옳을 것이다. 머리가 곤죽이 되어버린 전갈은 그대로 절명했다. 껍질이 갈라지며 체액이 솟아났다.

나는 숨을 몰아쉬며 이제는 이가 거의 다 빠져 버린 검을 축 늘어뜨렸다. 이것으로 어느 정도 경험치가 쌓였겠지.

긴장이 풀려서 그런지 시야가 흐릿해졌다. 시야뿐만이 아니라 모든 것이 흐릿한 느낌이다.

이 공간도, 사막도, 나도, 그리고 이 풍경 모두.

'쓸데없는 잡념은 버리자.'

사막을 벗어나야 한다. 중형 보스급 몬스터나 대형 몬스터가 아니고서는 그다지 위협적이지 못했다. 어차피 그런 몬스터들은 잘 움직이지 않으니 신경을 쓰지 않아도 될 듯했다.

이 사막을 빠져나감에 있어 제일 신경을 써야 하는 부분은 바로 사막의 늪, 소용돌이치는 늪이었다.

사막은 뜨겁다.

사막의 열기가 그대로 느껴져 살아 있음을 실감케 했다. 나는 살아 있다.

나는 이곳에서 숨 쉬고 있는 것이다.

"하하……."

헛웃음이 나왔다. 손에 힘을 주어 검을 잡았다. 지금은 레벨 업에 집중할 때이다.

*   *   *

밤낮이 몇 번이나 교차되었는지 잘 생각이 나지 않았다.

'최소한 몇 개월은 흘렀겠지.'

소형 몬스터에 한정이긴 하지만 사막의 먹이사슬에 끼어들 만큼의 레벨이 되었을 때, 나는 이곳을 벗어날 수 있을 것 같다는 생각이 들었다. 이제는 이 빌어먹을 사막의 규칙 따윈 눈감고도 훤하니까.

어느새 길어버린 머리를 뒤로 묶었다. 이미 찢겨 버려 넝마가 된 로브를 일정 간격으로 잘라 몸에 둘렀다. 그간 터무니없는 공격을 잘도 방어해 준 로브였지만 이미 상할 대로 상해 더이상 걸칠 수 없게 되어버렸다. 가방도 크게 손상되어 많은 아이템을 담을 수 없었다.

멀쩡한 부분을 길게 잘라 붕대처럼 몸에 묶었다. 눈만 내놓고 온몸에 다 감았다. 사막의 열기는 맨 피부로 감당하기에는 너무나도 힘들었다. 내구를 그 정도나 올렸음에도 지속적으로 노출이 된다면 분명 익어버릴 것이다.

그럭저럭 봐줄 만한 모습이 된 것 같았다. 물론 희망 사항이지만.

Item

[F—]길게 찢어 두른 로브

크게 손상되어 마법적 성능은 기대하기 어렵다. 하나 촘촘히 두른 탓에 방어력은 상승하였다. 꽤나 어두워 보이는 패션. 흉측한 모습 때문에 공포감을 줄 수 있다는 점이 큰 포인트.

*소형 이하 몬스터에게 공포감 +5%

물론 거울이 없어 전체적인 모습은 확인하지 못했다. 물 부족 탓에 씻을 생각조차 못하고 있는데 거울 따위야…….

아무튼 예전의 나는 근육이라고는 찾아볼 수 없는 남자였지만 지금은 바위처럼 단단한 근육이 가득했다.

스탯을 올리는 만큼 한계가 없도록 올라가는 근력의 양만큼 육체의 변화 또한 대단했다.

부풀어지는가 싶더니 어느 지점부터는 더 이상 커지지 않고 촘촘해지는 느낌이 들었다.

나는 때가 묻은 검의 손잡이를 꽉 움켜잡았다. 숨을 고르고 정면을 주시한다.

"흡!"

나는 검을 들어 바위에 내려쳤다.

탕—!

검으로 베었음에도 둔기로 때린 것처럼 바위가 박살 났다.

검에 대한 이해도가 깊지 않은 나로서는 기술적인 부분은 기대하기 어려웠다. 그저 민첩성과 근력을 올려 검을 휘두를 뿐이었다. 내려치는 것과 찌르는 것만으로도 실전에서는 대부분 통했다.

물론 소형 몬스터에 한에서지만.

중형 이상으로는 검이 들어가지도 않는다. 덤빈다는 것은 자살 행위였다. 그래도 이제는 중형 몬스터에게서 죽지 않고 도망칠 정도로 실력이 붙었기에 본격적인 탈출을 해도 괜찮다고 판단되었다. 그간 모아놓은 물도 충분하고 말이다.

더 이상 이렇게 살 수는 없다. 이곳이 어디인지, 어떻게 된 것인지 알아내기 위해서는 누구라도 좋으니 사람을 만나야 한다. 역시 이 지긋지긋한 사막을 벗어나는 길은 위험을 감수하고 탐험하는 길밖에 없었다.

식량도 충분하고 이제 떠나면 되겠군.

"가볼까?"

오랜 시간이 걸릴 것 같다.

Chapter 04
탈출을 위해 달리다

　사막을 걷는 것은 그다지 어려운 일이 아니었다. 다만 즐비한 몬스터들을 피하고 사막의 늪을 피하는 것이 어려웠다. 빌어먹게도 기감이 좋은 몬스터들은 나를 보자마자 달려들었기에 나는 최대한 기척을 지우며 전진하는 수밖에 없었다.

　살기에 반응하는 내 자신을 보니 쓴웃음이 지어졌다. 익숙한 듯 검부터 잡는 모습은 예전의 나와 괴리감을 느끼게 했다.

　"크……!"

　저놈은 왜 저기 서 있는 거야?

　가끔 보이는 대형 몬스터는 그 압도적인 크기와 힘 외에 기이한 마법 같은 것을 썼기에 보이는 즉시 숨어야 했다.

얼음을 뿜는 전갈이나 불을 뿜는 뱀 따위는 이미 몬스터의 격을 넘어선 지 오래다. 전설 속에 나오는 신수의 모습이 저러할까?

"잡을 수만 있다면……!"

저것을 잡으면 엄청난 레벨 업과 동시에 좋은 아이템을 주겠지? 그렇지만 실현 가망성이 전혀 없는 이야기다.

딱 봐도 '나 보스 몬스터요'라고 광고를 하고 다니는 놈들은 존재만으로 주위의 대기 흐름이 달라진다.

나는 뒤로 슬쩍 빠진 다음 녀석을 피해 걷기 시작했다.

낮에는 태양의 위치를 대충 짐작해서 걸었다.

대충 나침반 비슷한 것을 만들어봤지만 하루도 되지 않아 도망치는 도중에 잃어버려 지금은 눈대중으로 방향을 잡고 걷고 있는 것이다.

이제는 돌아가는 길도 잘 모르겠다.

'빌어먹을, 어떻게든 되겠지.'

사막에서 제일 두려운 것은 바로 밤이었다.

"해가 졌군."

지금처럼 해가 지면 아무것도 보이지 않았다. 달빛이 저렇게 밝을진대 눈앞은 온통 깜깜했다. 모래가 빛을 흡수하는 걸까?

밤에는 낮에 보았던 몬스터보다 열 배는 더 괴이한 놈들이 돌아다녔다. 거대한 불 같은 것이 공중에 떠다녔고, 거대한 곤충류의 몬스터가 주를 이루었다. 특이한 점이 있다면 모두 발광을 하고 있다는 것이다. 눈이 아플 정도로.

다행히도 분포 숫자는 그렇게 많은 편이 아니었기에 멀찌감 치 떨어져 걸으면 괜찮았다. 의외로 녀석들이 등불이 되어주 어서 그럭저럭 걸을 수는 있었다.

Information

[D—] 거대한 밤 거미 (중형)

노란 빛을 뿜고 있는 거대한 거미. 사막의 늪 중심에 위치하며 소리 를 듣고 먹이를 사냥한다고 한다. 여덟 개의 다리는 보검과도 같이 날 카로워 강철을 종이처럼 자를 정도다. 산성 액이 가득 찬 주머니를 지 녔다.

공격 랭크:[D—]
마법 저항:[D]
속성:화(火), 독(毒)

그래, 무척이나 위험한 놈이지. 검조차 안 들어가는 저 껍질 을 깰 방법은 현재 나에게 존재하지 않았다. 게다가 저 무시무 시한 다리들은 소름이 끼치도록 날카롭게 보였다. 게다가 생 긴 것 또한 더럽게 징그럽다.

누가 사막의 늪 중심에 들어가 저런 미친 벌레를 잡으려 할까? 목숨이 열 개라도 부족하다.

"저런 놈들은 그나마 얌전한 것이 다행이지."

강할수록 게으르다는 것이 내가 체득한 사막의 규칙이었다. 강한 놈들은 어슬렁거리고 약한 놈들은 살려고 빠릿빠릿하게 움직였다.

나도 약한 놈이라 빨리 움직여야 했다. 아마 사막의 먹이사슬에 나를 놓자면 최하위에서 하위 사이가 아닐까 싶다.

'그렇게 힘들게 레벨 업을 했는데도……'

이렇게 눈치를 보고 살아야 하다니. 여전히 중형 몬스터를 잡기에는 힘들었다. 아니, 엄두조차 나지 않았다.

"확연히 늘어난 체력과 근력, 그리고 민첩성을 위안으로 삼아야지. 언젠간 쓸모가 있겠지."

스킬 레벨도 착실히 올리고 있으니까 언젠가는 잡을 수 있을지도 모른다. 그것은 나중이고 지금 해야 하는 일은 부지런히 걷는 일뿐이었다.

*　　　*　　　*

한 달을 그렇게 걸었다. 낮에 잠깐 모래에 파묻혀 휴식을 취하는 것 외에는 모두 걷는 일에 투자했다. 한 달 동안 걸으면서 올라간 체력 스탯만 해도 10이 넘어갔다. 덕분에 강철 체력이라도 된 것 같았다.

"음?"

모래의 느낌이 달라졌다. 뭐랄까, 무언가 잡아당기는 것이 옅어진 느낌? 괴이한 느낌이 들었다. 그러고 보니 모래의 색도 달라진 느낌이다. 나는 손으로 모래를 쥐어보았다.

다르다. 확실히 다르다.

이것은 그저 뜨겁기만 한 모래였다. 무언가 불안하고 소름 끼치는 감각을 느낄 수 없었다.

"미친 사막에서 어느 정도는 벗어난 건가?"

나는 피식 웃으며 걷기 시작했다. 사막의 돌풍이나 모래 바람 따위는 장난이었다.

얼마 전까지만 해도 크기가 짐작되지 않는 토네이도가 사막의 소형, 중형 몬스터를 날려 버리는 광경을 보았으니까. 거의 하늘 끝까지 올라가서 비처럼 내려치는 몬스터들 때문에 죽을 뻔한 적이 한두 번이 아니다.

신기한 건 대부분이 살아 있다는 거다.

아주 익숙한 듯.

"음……."

멀리서 작은 모래 구름이 일었다. 좋지 않다. 주로 몰려다니기를 좋아하는 소형 몬스터 떼인 것 같았다.

나는 몸을 숙이고 모래언덕으로 가 전방을 주시했다. 레벨이 오를수록 오감이 크게 발달했기에 멀리까지 내다볼 수 있었다.

"뭐지, 저건?"

처음 보는 형태의 몬스터였다. 내가 봐온 것은 주로 철갑을 두른 몬스터, 곤충 형태의 몬스터가 대부분이었다. 그런데 저 것은 마치 사람처럼 걸어다니고 무기까지 들고 있었다.

Information

[一]푸른 머리 사막 코볼트

사막에 집단으로 서식하는 사막 코볼트. 사막을 오가는 상인들을 약탈하거나 잡아먹으며 살아가고 있다. 굉장히 호전적인 종족이라 사막을 횡단하는 상인들에게는 천적이라 불릴 정도다.

"코볼트라……."

무 등급이라는 것은 굉장한 약체라는 소리다. 이제 먹을 물도, 식량도 한계 상태다. 그간 아껴 먹는다고는 했지만 한 달간의 여행은 너무나도 길었다.

"흠. 저 부락들은 코볼트가 모여 사는 곳인가 보군. 놈들도 무언가 먹는 놈들이라면 먹을 것이 있겠지."

무 등급이라면 걱정할 필요가 없었다.

나는 천천히 부락으로 접근했다. 그렇게 커다랗지 않은 규모였다. 지능이 제법 있는지 방책까지 만들어놓고, 그 안으로 몇 개의 천막이 위치해 있었다. 규모는 대충 20 정도.

급이 있는 녀석들도 서너 마리는 거뜬하다. 하물며 저런 무급의 몬스터 정도야 내 상대가 안 될 것이라 여겨졌다. 확실히 급 한 단계의 차이는 너무나 커다랬다.

특히나 다른 급, F+와 E의 차이는 소형과 중형의 차이였다. E-라도 절대로 내가 이길 수 없을 정도였다.

따로 정찰을 도는 코볼트 무리가 보였다. 나는 어깨에 쌓여 있는 모래를 털어내고 검을 쥐었다. 그리고는 녀석들에게 다가갔다. 굉장히 심한 악취가 났다.

생김새는 괴이했다. 일그러진 얼굴에 작은 키였다. 모두 다 구부정했는데, 움직이는 모습을 보니 그럭저럭 민첩해 보였다.

큰 근력을 요하는 도끼나 양손검을 쓰지 않고 주로 단검류 같은 것을 쥐고 있었다.

"끼이! 키키!"

나를 발견해 소리치는 녀석이 보였다.

나는 재빨리 땅을 박차고 뛰어 녀석의 정수리에 그대로 검을 내려쳤다.

쑥-!

너무나도 쉽게 녀석의 몸이 반으로 갈라졌다. 당황하며 무기를 휘두르려는 나머지들의 움직임은 결코 빠르지 않았다.

나는 검을 살짝 비틀고 그대로 돌면서 크게 휘둘러 나머지의 몸과 다리를 분리시켰다.

푸시식—

녹색 피가 모래를 적셨다. 거칠게 검에 묻은 피를 털어내자 녀석들의 시체로부터 경험치 덩어리가 날아왔다. 무급치고는 많은 경험치다. 오히려 과분할 정도다.

"좋군."

내가 고생한 것이 허무할 정도야. 코볼트가 흘린 단검 하나를 들었다. 그럭저럭 광택이 있는 단검이었다. 구불구불한 모양이 마음에 든 것이다.

Item

[—]지그재그 단검

대량 생산 제품이라 날카로움은 덜하지만 그럭저럭 쓸 만하다. 불규칙한 상처를 낼 수 있다.

지그재그 단검을 한 손에 들고 나머지 한 손에 검을 들었다. 근력에 투자를 많이 했기에 이제는 한 손으로 무리없이 휘두를 수 있을 정도였다.

"이놈들 먹을 수 있으려나?"

생긴 것이 역겨워 도저히 먹을 수 없어 보였다.

'이놈들 사는 곳에 먹을 것이 있기를 바라야지.'

놈들의 부락으로 접근했다. 정면 돌파는 위험하기는 하지만 가장 손쉽고 머리가 아프지 않은 방법이기도 했다. 내가 접근하자 화살을 날리기 시작했다. 그렇게 빠르진 않았다.

쳐낼 수 있을 정도로.

팅— 팅—

가볍게 쳐내고는 빠르게 접근했다. 모래가 움직임에 방해되기는 했지만 많은 제약은 아니었다. 이제야 내가 레벨 업을 한 것이 실감이 났다.

나는 예전과 비교도 할 수 없을 정도로 강해진 것이다. 미치도록 두려운 놈들만 겪다 보니 별로 성장한 것을 못 느꼈었다. 한꺼번에 체감이 되었다. 이렇게 빨리 움직일 수도 있고, 날아오는 화살을 쳐낼 수도 있다. 게다가 마치 등 뒤에 눈이 달린 것처럼 날카로운 것들의 예기가 피부로 느껴졌다. 진짜 전사가 된 기분에 조금씩 흥분이 되었다.

나는 싸울 수 있다.

"나쁘지 않아."

빠르게 뛰어들어 화살을 날리고 있는 두 놈의 몸을 한꺼번에 가로로 갈라 버렸다. 그리고 검을 회수하지 않고 곧바로 반대편에 든 단검으로 정면의 놈의 이마에 꽂았다.

푸식—

너무나도 쉽게 박살 나는 육체들. 몸을 회전시키며 단검을 뺀 나는 다시 강하게 던졌다.

푸석— 털썩—

정확히 미간에 적중함과 동시에 머리가 박살 났다. 순간 정적이 일었다.

코볼트들은 작은 눈을 동그랗게 뜨고는 그대로 얼어붙었다.

"끼에에에!"

"끼에!!"

활을 집어 던지고 저마다 무기를 꺼내 들고 달려들기 시작했다. 난폭해 보이는 움직임이었지만 모두 느껴졌다. 신기하게도 대충 어떤 공격일지 예상이 가능했다. 살기에 반응해 몸을 움직였고, 예기를 피하며 온기가 있는 쪽을 갈랐다. 나도 내가 이 정도로 반응할 수 있을 줄은 몰랐다.

푸식—

머리가 날아오르고,

서격!

몸이 갈라졌다. 나는 힘을 주어 빠르고 크게 벤 다음 옆에 있는 놈의 목을 그었다.

털썩— 털썩—

털썩—

순식간에 여럿이 조각나 바닥에 뿌려졌다. 검에 묻은 피를 털어냈다. 살아남은 몇몇은 무기를 떨구고 도망가기 시작했다. 뒤도 안 돌아보고 줄행랑을 치는 모습이 꽤나 우스꽝스러웠다.

나는 초록색 피가 묻은 손을 바라보았다. 사람의 형태를 한 몬스터를 죽인 것이다. 곤충 같은, 그리고 끔찍한 괴물들을 죽인 것과는 확실히 다른 느낌이다. 하지만 그뿐이다.

내가 너무 정신적으로 지쳐 있기 때문인가?

"무언가를 죽인다는 것이 이렇게 무감각해질 줄이야……."

내가 원래 이렇게 무감각한 사람이었나? 아니면 변한 건가? 변한 거겠지.

사막의 생태계가 그랬다. 그리고 난 그곳에 적응해서 살아남으려 애썼다.

그 결과가 이거다.

평범한 남자였던 내가 살아남으려면 변하는 수밖에 없었다. 게임처럼 죽인다는 것에 무감각해져 갔지만 내가 죽는다는 것은 묘하게 실감이 났다.

이런 감정 상태에서 경험치를 확인하는 내 자신이 보이자 나는 씁쓸한 웃음을 지었다. 인간으로서 가져야 할 어느 부분이 망가져 버린 것 같았다.

"하지만… 좋군."

경험치가 생각보다 훨씬 많이 오른다는 것을 느낄 수 있었다. 생존을 위해 몬스터를 잡는 것이 아니라 경험치를 위해 몬스터를 잡고 싶은 마음이 들었다.

Status

이름: ─등록되지 않음─

레벨:22[43.20%]

칭호:숙련된 여행자

근력:50   민첩:45

체력:48   내구:43

지능:28   매력:15

Point:0

[10보다 낮은 능력치는 표기되지 않습니다.]

Skill

[一]안목—2.20%

[一 등급 이하의 아이템과 [+ 랭크 이상의 몬스터, 자신보다 낮은 레벨의 사람들 정보를 볼 수 있다. 장인 수준의 안목.

Skill

[D]고속 재생—1.32%(어둠의 각인으로 인한 등급 상승)

사지가 잘려 나가도 회복이 가능하다. 회복 속도는 느리지만 인간이 라고는 도저히 보기 힘든 재생 속도를 낸다.

Skill

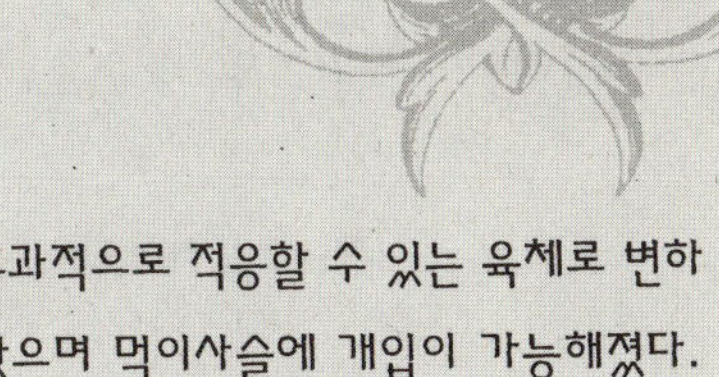

[B]사막 적응 —최대 등급—

사막의 정기를 받아 사막에 효과적으로 적응할 수 있는 육체로 변하였다. 사막의 일원으로 인정받았으며 먹이사슬에 개입이 가능해졌다. 우두머리에게 독자적인 영토를 인정받을 수 있다.

잘 오르지 않는 스킬들도 꽤나 올랐다. 어둠의 각인이라든지 마법은 역시나 하나도 오르지 않았다.

나중에 여유가 생긴다면 따로 수련을 해볼 생각이다. 애초부터 마법이라는 건 나한테 너무나도 생소하고 이해가 되지 않는 것이었다.

지금은 눈에 보이는 성장에 투자할 때이다.

"그나저나 몬스터치고는 꽤나 그럴듯하게 꾸며놨군."

비를 막을 수 있는 천막도 있었고 나름 침대에도 폭신하게 솜 같은 것들이 있었다. 나는 주위를 두리번거리다가 창고로 보이는 곳으로 다가갔다. 식량 창고 같았다. 문을 열고 안으로 들어섰다.

"고기, 얼마 전에 잡은……."

먹기 좋게 썰려 있는 고기.

Information

[一]어린아이의 인육

어린 소녀의 시체. 이미 해체되어 있다.

"사람의 고기, 인육… 이라고? 나와 같은 사람인가? 나와 같은 사람이 저렇게 죽어서 고깃덩어리가 되어 있는 건가?"

어째서? 왜??

저것은 사람일까? 아니면 단지 아이템일 뿐일까?

"이곳은 도대체 어떤 곳이지?"

인간이 죽는다. 그래, 죽을 수 있다는 것은 처음부터 알고 있었어. 그렇지 않았다면 난 목숨을 걸고 살아남으려 하지 않았겠지.

"그렇지만… 이건……."

사람이 먹힌다고?

"웃기지 마! 젠장! 빌어먹을!"

나는 인상을 구기고는 이를 악물었다. 주위에는 주로 여인의 시체로 보이는 것들이 매달려 있었다. 해체된 시체, 해체 중인 시체.

처참했다.

비위가 심하게 상해 구역질이 날 정도로.

처음 만난 사람은 그렇게 죽어 있었다.

"후우……."

나는 주먹을 꽉 쥐었다가 서서히 힘을 풀었다.

침착해지자. 침착해져라. 쓸 만한 것을 찾자. 지금은 그것에 집중하자.

시체들 주위에 아무렇게나 찢겨지고 방치된 옷가지들이 보였다. 어린 소녀 것으로 보이는 피 묻은 곰 인형은 목이 잘려서 그 몸통만 남아 있었다.

쓸 만한 것은 없었다.

'이런 상황에서 잘도 쓸 만한 물건을 찾고 있군.'

살짝 떨리는 손을 애써 진정시키며 나는 고개를 설레설레 내젓고는 밖으로 나왔다.

품을 뒤적거려 붉은 전갈의 껍질 조각을 꺼내 마찰시켰다. 순간 가루가 휘날리며 불꽃이 튀었다. 붉은 전갈의 껍질은 작은 마찰에도 불꽃이 튀곤 해서 이렇게 휴대용 라이터로 쓰고 있었다. 나는 부락 전체에 불을 붙였다.

'없애 버리는 편이 좋겠지. 이런 사막에 무덤을 만들 수는 없으니까.'

역시 건조해서 그런지 아주 쉽게 활활 타오르기 시작했다.

나는 멀찍이 떨어져서 부락이 검은 연기와 함께 타오르는 것을 바라보았다.

"몬스터란 건가……."

…인간을 죽이는.

다 타버려 재만 남은 부락을 바라보았다. 흥분마저 모두 타
버려 공허함만이 남았다. 타오르는 불을 보면서 묘한 감정이
일었지만 그것도 한순간이었다. 지금은 타고 남은 재처럼 칙
칙해져 버렸다.

"이제 밤이로군."

사막의 밤은 위험했다. 한 치 앞도 보이지 않는 어둠과 특이
할 정도로 뚝 떨어지는 기온은 이성을 마비시킬 정도로 두려
웠다.

하지만 지금은 그렇지 않다. 쥐어진 주먹에서 빠져나가는
모래는 어떠한 불길함도 주지 못했다. 절망적이었던 그 사막
을 자력으로 벗어난 것이다. 나는 쓴웃음을 내뱉었다. 알 수
없는 이곳에서 나는 절망해 왔고, 좌절했지만 지금은 어떤 희
망을 품고 있다.

희망.

바로 사람을 만나는 것이다. 누군가가 분명 알고 있을 것이
다.

이곳이 단지 가상인지, 아니면 또 다른 무엇인지.

비로소 그 의문이 풀리는 것이다. 그렇게 된다면 더 이상 불
안해하지 않아도 되겠지.

날카로운 것에 찔리고, 몸이 베어져 나갈 때의 고통과 공포
는 오히려 날 필사적으로 살게 해주었다. 그것마저 현실감이

떨어졌다면 나는 자살을 했을지도 모른다.

"죽음 이후에는 과연……."

죽는 것인가? 아니면 그저 잠에서 깨어난 것처럼 일어나 버리는 건가? 그저 무서운 꿈이었다고 생각하며 아무렇지도 않게 웃어버릴 수 있을까?

죽음이란 단어를 떠올리면 전신에 소름이 끼칠 정도로 불길한 생각만 든다. 죽음을 피하라고, 죽으면 안 된다고 내 감각이 그렇게 외치고 있다.

지금은 그저 웃음만 나왔다.

밝고 맑다.

떠 있는 두 개의 달은 너무나도 맑았다. 별은 검은 장막 위에 수없이 박혀 있었고, 하늘을 가로지르는 은하수가 보였다.

'이렇게 편하게 밤하늘을 바라보았던 적이 있나?

오랜만에 감성적이게 되어버렸다. 하지만 이런 것도 나쁘지는 않다. 적어도 허무함보다는 나으니까.

지금은 앞으로의 일만 생각하자. 지금은 목표가 있어야 했다.

나는 모래에 몸을 묻고 눈을 감았다.

기적이 느껴져 눈을 떴다. 둥지를 빗어나고부터는 깊이 잔 적이 없다. 늘 자그마한 기적에 깰 수 있도록 신경을 곤두세우고 있던 것이다.

“왔군.”

호흡을 위해 머리 부분만 살짝 노출시켜 놓았기에 내 몸은 모래에 파묻혀 있었다. 차가워진 모래의 느낌이 나쁘지 않다. 살짝 뻐근해진 몸을 조심스럽게 움직였다.

후드득—

모래가 마치 물처럼 내 몸을 타고 아래로 흘러내려 갔다. 입자가 무척이나 고와서 마치 액체를 보는 것 같은 느낌이다. 차분하게 숨을 내쉬며 몸을 완전히 일으켰다.

이미 전소해 버린 부락에 기웃거리는 코볼트 무리가 보였다. 부락에 있던 녀석들보다는 조금 더 갖춰진 무장을 하고 있었다. 덩치가 조금 더 큰 것이 인상적이었지만 그렇게 강해 보이지는 않았다. 등급 몬스터에게서만 느껴지는 특유의 압박감이 없다. 저놈들은 그저 먹이다.

“인상이 더럽군.”

봐주기 힘들 정도로 심하게 일그러진 얼굴을 하고 있어 징그럽게만 느껴졌다.

그것뿐만이 아니다. 질질 흘리고 있는 침도 그렇지만 피부에 심하게 돋아 있는 크고 작은 종기들은 구역질마저 불러일으켰다. 차라리 징그러운 거미가 보기 편했다.

“이 정도 숫자라면…….”

숫자는 대략 여섯 마리 정도. 보통 코볼트보다 더 강하다고 계산하더라도 결코 지지 않을 것임을 나는 알고 있다. 굳이 정보창을 보지 않아도 느낄 수 있는 것이다.

"이런 느낌이었나?"

거대한 몬스터가 먹이를 보고 느끼는 감정. 조금 더 유희를 즐기고 싶은 감정과 빨리 농락해 버리고 싶은 감정이 충돌하는 그런 느낌에서 나는 묘한 흥분을 느꼈다.

죽일 수 있다.

여기서 해치워 버릴 수도 있다.

하지만 참아라.

나는 검 손잡이를 꽉 움켜쥐었다가 손에 힘을 풀었다. 지금은 아직 안 된다. 저놈들과 대화가 통하지 않는 이상, 죽이는 과정에서 무언가를 얻어내기는 힘들다. 애초부터 나에게 호의적이지 않은 존재이니 대화 따위는 시도조차 하지 못할 것이다.

남은 것은 천천히 지켜보다가 뒤를 밟는 것뿐이었다.

녀석들은 한참 동안 주위를 경계하고 이것저것 뒤적거렸다.

얼마나 지났을까? 가운데에 있는 녀석이 뭐라고 소리 지르자 모여들더니 어딘가로 이동하기 시작했다. 본거지로 돌아가는 것일까? 일단은 쫓을 수밖에.

"제법이군. 달리는 방법을 알고 있어."

녀석들은 사막의 모래 위를 마치 미끄러지듯이 달려갔다. 그 속도가 굉장히 빨랐음에도 뒤쫓을 수 있는 이유는 나 역시 사막의 모래라면 무척이나 익숙해서이다. 힘을 준다면 조금 더 폭발적인 속도를 낼 수 있지만 나는 들키지 않게 조용히 뒤따라가기만 했다.

"계속 가라. 네놈들이 있는 곳으로, 사람들이 있는 곳으로……."

그렇게 반나절을 이동했다. 나는 속도를 죽이고 그 자리에 멈춰 설 수밖에 없었다.

"꽤나… 크군."

제법 커다란 규모의 몬스터 마을이 보였기 때문이다. 어떻게 만들었는지는 모르지만 성벽과 비슷한 방책도 만들어놓았고, 모래 폭풍을 견딜 수 있도록 견고하게 쌓은 듯한 모래 무덤들이 있었다. 어설프기는 했어도 나름 성의있게 지은 흔적이 보였다.

중앙에 커다란 마을 중심으로 사방에 퍼져 있는 작은 부락까지 합하면 꽤나 커다란 영토를 차지하고 있었다. 잘도 사막의 흐름에 도태되지 않고 끼어 살고 있는 이들이 재미있게 느껴졌다. 이쪽 사막이 무척이나 약하기는 해도 사막은 사막이니 말이다.

'너무 얕본 건가?

이들의 지능 수준에 대한 판단을 조금 더 올릴 필요성이 느껴졌다. 대부분이 모자라더라도 우두머리가 뛰어나면 그 집단은 무척이나 위험했다. 내가 지냈던 사막에서 이 정도 규모를 가지려면 적어도 대형 이상 몬스터이어야만 했다. 약체에 속한 놈들이라도 우두머리는 경계해야 한다. 분명 이곳에 코볼트 무리를 이끄는 우두머리가 있을 것이다.

곤란하다. 규모가 생각보다 크다. 아무리 약한 놈들이라도 이 정도의 규모라면 죽음을 생각해야 한다. 딱 봐도 바글바글해 보이는 저놈들이 죽자 살자 덤빈다면 당해낼 수 없을 것이다.

'자, 이제 어떻게 해야 할까?

놈들의 뒤를 쫓아 본거지를 찾는 것에는 성공했다. 이제 남은 것은 사람을 찾는 일이다. 분명한 것은 이들은 사람을 먹는다. 그 먹이가 되는 사람이 나와 같은 사람인지 알아볼 필요가 있다.

'만약 나와 같은 사람이 잡아먹히는 세계라면……?

지금은 생각하지 말자. 나는 불안감을 떨쳐 내려 세차게 고개를 저었다.

나는 가방에서 뱀 가죽으로 만든 물병을 꺼냈다. 얼마 남아 있지 않는 물을 한 모금 마셨다. 며칠 동안 입에 들어간 것이라고는 전갈 고기 몇 조각과 물 한 모금이 전부다. 체력에 부담이 가는 것이 몸으로 느껴질 만큼 한계가 오기 시작했다.

더 이상의 장거리 이동은 힘들다. 꾸준히 늘어나는 체력 스탯으로 버티기는 했지만 그것도 한계에 도달했다. 일단 이곳에서 흔적을 찾아보자. 그리고,

"먹을 것을 찾아봐야겠어."

인육 말고 다른 먹을 것이 있기를 바랄 수밖에.

해가 사라지고 사막의 밤이 되자 나는 본격적으로 몸을 움직였다. 놈들은 불을 이용할 줄 아는지 나무 방벽에 횃불을 매달아놓았다. 주위가 환할 정도는 아니지만 가까운 거리는 충분히 시야 확보가 될 만해 보였다. 어둠의 각인 덕분에 어둠이 그리 큰 장애가 아닌 나로서는 달갑지 않았다.

몸을 최대한 낮추고 외곽을 크게 돌아 중앙 마을의 틈새를 찾았다. 초소 배치 자체가 조밀한 편이 아니었기에 쉽사리 접근할 수 있었다.

허술하다.

그럴듯하게 지어놨지만 효과적으로 운용을 하지는 못하는 듯했다. 방책에 손을 살며시 가져가 대었다.

'음? 모래로 만든 것인가?

무언가 특이한 것을 혼합한 것 같았다. 색깔도 사막의 모래와는 다르고 무언가 괴이한 냄새가 났다.

탁—

주먹으로 가볍게 쳐 보았다.

그럭저럭 딱딱하다. 흠집이 나기는 하지만 그렇게 쉽게 무너지지 않을 것 같았다. 전체적인 모습을 보자면 꽤나 투박했지만 어느 정도 지능이 갖춰지지 않는 이상 이 정도로 쌓아 올리기는 힘들어 보였다.

"끼엑!"

"끼에엑!"

근처에서 놈들의 목소리가 들렸다. 대화를 하는 것 같았지만 나에게는 그저 울음소리로밖에 들리지 않았다. 살짝 고개를 들어보니 방책 위를 지나가고 있는 것이 눈에 들어왔다. 최대한 빛이 없는 곳에 몸을 숨기고 있었기에 들킬 염려는 없을 것이다.

'문제는 어떻게 침입하느냐 하는 것인데……'

정문으로 당당히 들어간다면 당연히 개미 떼처럼 몰려나오겠지. 최대한 시야가 닿지 않는 곳을 오르도록 하자.

'그래, 저곳이 좋겠어.'

마침 횃불이 없는 외진 곳이 보여 그리로 이동했다. 나는 벽을 손으로 쓰다듬다가 고개를 들었다.

'그렇게 높지는 않군.'

내 키보다 높기는 했지만 충분히 뛰어넘을 수 있을 정도였다. 가볍게 도약해 방책 끝에 매달렸다. 팔에 힘을 주어 올라간 다음 재빨리 어둠 속에 몸을 묻었다.

"키익!"

"키?"

정찰병인가? 아무리 어둠 속에 몸을 숨기고 있다고 해도 가까이 접근한다면 들켜 버릴 것이다. 게다가 이런 좁은 방책 위에서는 더더욱 그렇다. 그렇다면 먼저 소리없이 제거하는 수밖에 없다.

'할 수 있을까?'

고개를 저었다.

반드시 성공해야 한다.

이 정도까지 가까워진 이상 들키지 않고 내려가기는 불가능
했다. 조용하고 빠르게 처리해야 한다.

"후……."

심호흡을 했다. 만약 들키기라도 한다면 놀란 개미 떼처럼
밀고 나올 것이다.

신중해야 한다. 조용히, 그리고 신속하게.

나는 한 손에는 검을 쥐고, 다른 손에 얼마 전에 습득한 지
그재그 단검을 쥐었다. 느린 걸음으로 다가오는 두 마리 코볼
트의 모습을 조용히 살폈다.

'온다! 조금만 더…….'

내가 가장 빠르게 움직일 수 있는 최적의 거리까지 들어오
기를 기다렸다. 한 번에 끝내지 못한다면 분명 힘들어질 것이
다. 그렇기에 숨마저 쉬지 않고 조용히 때를 기다렸다.

한 발, 두 발…….

검 손잡이를 강하게 움켜쥐었다.

'바로 지금!'

조용히 몸을 일으키며 상체를 앞으로 기울였다. 어둠 속에
서 놈들과 눈이 마주쳤다.

움찔!

놈들이 놀라며 주춤거렸다. 그것을 놓치지 않고 바닥을 박
차 강하게 쇄도해 들어갔다. 정면에 있는 놈의 목을 향해 빠르
게 검을 그었다.

서걱—

머리가 솟아오르는 것이 보였다. 잘려진 틈 사이로 뒤에 서 있는 놈의 입이 열리는 것이 보이기 시작했다. 입을 막아야 한다! 나는 다른 손에 들려 있던 단도를 놈의 목에 던졌다.

"허억!"

깔끔하게 목에 박혔다. 덕분에 바람 빠지는 소리와 함께 놈의 목소리가 나오지 않았다. 당황한 놈은 무기를 들려고 했지만 내 몸놀림이 더 빨랐다.

서걱!

검을 빠르게 휘둘러 목을 날려 버렸다. 쓰러지는 시체를 잡아 조용히 눕히고 난 다음, 참았던 숨을 들이켰다.

"하아, 하아!"

성공했다. 아찔한 순간도 있었지만 성공한 것이다. 마구잡이로 뭉개 버리는 것보다 적어도 세 배는 어려운 느낌이다. 경험치 구슬이 내 몸으로 흡수되는 것을 가만히 보고 있었다.

사냥을 하여 경험치를 얻게 되었을 때는 묘한 쾌감이 전신을 휘감았다.

지금은 흥분해서는 안 된다. 고요한 물처럼 그렇게 잔잔해야 한다. 이런 상황에서의 흥분은 최대의 적이 되어버린다는 것을 나는 잘 알고 있다.

한차례 심호흡을 했다. 나는 떨리는 손을 조용히 진정시키고는 코볼트의 시체를 뒤적거리기 시작했다.

시체에서는 고약한 냄새가 났다.

Item

[一]탁한 물주머니

탁한 물이 들어 있는 주머니. 썩은 가죽으로 되어 있어 그리 위생적
이지 못하다.

Item

[一]사막 코볼트 두건

사막 코볼트가 두르는 두건. 값싼 천으로 되어 있다. 어느 정도 위장
효과를 기대할 수 있을 듯.

나는 코볼트 두건을 머리에 썼다. 고약한 냄새가 나긴 했지
만 못 견딜 정도는 아니었다. 애초부터 오랜 기간 동안 씻지
않은 내가 이런 것을 따질 처지는 못 되었다. 물주머니는 챙겨
서 가방에 넣었다.

"이건 못 쓰겠고, 이건 괜찮군."

약간 녹이 슨 단검을 허리춤에 찔러 넣고 목이 없는 코볼트들을 바라보았다.

'시체를 숨겨야겠군. 바닥에 묻어야 하나? 그래, 그것이 좋겠어.'

이곳을 조사할 때까지 시간을 버는 것이 중요했다. 방책 아래로 조심스럽게 옮긴 다음 모래로 덮었다. 손에 묻은 피를 모래에 쓱 문질렀다.

심호흡을 하고 방책을 순식간에 넘어갔다. 바닥에 착지한 후 주위를 둘러보았다. 천막 근처마다 횃불이 놓여 있었지만 마을 전체를 다 밝히고 있지는 않았다. 코볼트의 시력도 그리 좋아 보이지는 않으니 충분히 어둠 속에서 움직일 수 있을 것이다.

나는 조용히 이동하기 시작했다. 마치 이글루를 연상시키는 모래 무덤들이 불규칙적으로 배치되어 있었고, 마을 중심에는 커다란 원형 구조물이 세워져 있었다. 무언가 기이한, 그리고 불길한 느낌이 흘러나오는 것 같았다.

'저곳에 보스가 있겠군. 어떤 몬스터일까?'

우두머리 몬스터는 일반 몬스터에 비해 터무니없이 강했다. 이런 무급 코볼트의 대장이라도 방심할 수 없는 상대일 것이다. 지금은 피하는 것이 좋았다.

'조용히 움직이도록 하자.'

놈들은 야행성은 아니다. 주위를 경계하는 최소한의 병력을 빼고는 모두 굴에서 나오지 않고 있었다. 잠이라도 자는 것이겠지.

"으……."

지독하군. 이렇게 냄새가 지독하다면 적어도 내가 있던 사막에서는 살아남지 못할 것이다. 약자는 늘 흔적을 지워야 하니까. 따로 배설물을 치우지 않는지 온통 배설물투성이였다. 정말 정이 가지 않는 녀석들이다.

'하긴, 이런 녀석들에게 위생 관념이 있다고 보기는 어렵지.'

다른 곳과는 다르게 사각형으로 쌓아 올린 모래 굴이 보였다.

'저기는……?'

놈들 특유의 냄새와는 다른 냄새가 났다.

내 코는 개 코가 아닐진대 이 정도까지 활약하는 것은 그만큼 놈들의 냄새가 특이하고 구역질 날 정도로 역겹기 때문이다. 단체로 세탁기에 넣어버리고 싶다.

'후, 나도 참 실없는 생각을 하는군.'

두 마리가 벽에 등을 기대고 꾸벅꾸벅 졸고 있었다.

'안에 무엇이 있을까?'

우두머리가 있을 거라고는 생각하지 않는다.

'물건들을 보관하는 곳인가? 창고처럼 생긴 것 같기도 한데……. 음, 역시 들어가 봐야 할까? 위험을 감수할 만큼 가치가 있을까?'

잠시 주위를 살폈다. 시간이 너무 지체되면 아무것도 얻지 못할 수도 있다.

'들어가 보자.'

과감하게 움직이는 것이 좋았다. 다행스럽게도 주위에 어슬렁거리는 놈들은 없었다. 몸놀림에 자신감이 붙은 나는 거침없이 나아갔다.

슥!

강하게 던진 단검이 놈의 목에 꽂히며 벽에까지 박혀 들어갔다. 화들짝 놀라며 허둥거리는 옆의 놈을 소리치지 못하도록 목을 노려 제거했다.

"히익~"

"근무 태만이야, 자네."

목이 관통당해 벽에 고정되어 버린 코볼트의 숨통을 끊었다. 굳이 경험치가 빨려들어 오는 것은 보지 않았다.

이 쾌감은 묘한 중독성이 있다. 진정으로 즐기게 되어버리면 벗어날 수 없는 길을 갈 것만 같았다. 가상인지 현실인지, 아니면 다른 무엇인지 모르는 세계에서 미쳐 버리고 싶지는 않다. 어딘가 망가져 버릴지라도.

스윽—

단검을 뽑아 회수했다. 인간과는 다른 초록색 피가 달빛에 반짝였다. 별 감흥이 없다. 피가 붉지 않기 때문에 아무렇지도 않은 것일까?

생각하지 말자. 신경 쓰지 말자.

"음."

지금은 감상에 빠져 있을 때가 아니다. 들키기 전에 빨리 확인해야 한다. 입구는 구멍 뚫린 천으로 가려져 있었다. 다가가 천을 걷자 시큼한 냄새가 밀려왔다.

나무 창살 안에 처음 보는 짐승들과 함께 갇혀 있는 사람이 보였다.

어린아이였다. 더러운 바닥에 몸을 웅크리며 자고 있었다. 다른 사람은 없었다. 다른 곳에 이런 창고가 더 있을지는 모르지만 지금 찾는다는 것은 역시 무리였다.

'사람? 정말로 사람인 것인가? 나와 같은 사람?

묻고 싶었다. 어째서 이런 곳에 있는 거냐고, 이 빌어먹을 세계는 도대체 무엇이냐고!

하지만 이런 어린아이가 알 리가 없다. 프로젝트 안에 이런 어린아이……

"으……."

머리가 아프다. 갑작스럽게 찾아온 두통에 머리를 부여잡았다. 역류하기 시작한 기억들이 뇌를 파먹는 것 같았다.

'이건… 좋지 않아. 정신을 차려야 해.'

이곳에 떨어지면서 머리를 다친 것일까?

혼란스러운 기억이 답답하게 느껴졌다. 거친 호흡을 가다듬으며 벽에 등을 기대었다. 일단 이 아이에 대해서 알아봐야 한다. 예전에 업데이트된 스킬이 생각났다.

'이 스킬이라면……!'

안목 스킬이 생각이 난 나는 아이를 응시했다. 정보를 보기 위해서였다.

Status

이름:프린 데오 슬레어

레벨:1[ㅁㅁ.ㅁㅁ%]

칭호:어린아이

성향:선

호감도:ㅁ

매력:1ㄹ

[1ㅁ보다 낮은 능력치는 표기되지 않습니다.]

이름과 레벨, 칭호 따위가 보였다. 알아낼 수 있는 정보는
많지 않았다.

Chapter 05
모래 폭풍이라는 것

"으, 으응……."

어려 보이는 여자아이.

이름이 프린이니 프린이라고 부르자.

프린은 웅크렸던 몸을 일으키며 눈을 비볐다. 얼굴에는 눈물 자국이 말라붙어 있었다.

나는 한 걸음 앞으로 다가갔다.

"어? 누, 누구? 꺄아아악!"

이런!

"조용히."

"저, 저리 가! 괴물! 꺄아아악!"

"조용히 해!"

비명이 멈췄다. 나는 안도의 한숨을 내쉬었다. 아직 들키지 않은…….

"꺄아아악!"

이런 빌어먹을!

"끼엑? 끼에에엑!!"

"끼끼!!"

코볼트 두 마리가 시체를 보고 소리치더니 안으로 들어왔다.

잠시 정적이 일었다. 나가기 전에 처리해야 한다.

'하지만 어떻게?'

당황하는 사이 놈들이 입을 뗴었다.

"끼에엑!"

소리치며 달려나가기 시작했다.

"젠장!"

뿌우우우우!

'나팔 소리?'

뿔피리 소리 같은 것이 들렸다. 진동이 느껴질 정도로 아주 큰 소리. 비상시에 경보를 위해 알리는 것 같은 그런 느낌의 소리였다.

들킨 것이다. 그것도 완전히.

나는 강하게 검을 휘둘러 나무 창살을 박살 냈다. 비명을 지르며 뒷걸음치는 프린의 입을 막아버린 후 프린의 눈을 노려보았다.

"조용히 하지 않으면 죽는다. 알았나?"

끄덕— 끄덕—

프린이 고개를 끄덕였다. 나는 프린을 옆구리에 끼고 비어 있는 손에 검을 들었다. 날이 심하게 빠져서 검이 아니라 톱 같은 느낌이 강했다. 검의 생명이 끝났다는 것은 이미 알고 있었다.

"사, 살려주세요."

빠져나가야 한다. 최대한 신속하고 빠르게, 그리고 멀리. 사막의 몬스터는 대부분 끈질기고 집요했으며 인내력이 강했다. 이제부터는 결코 쉽지 않은 싸움이 될 거라는 예감이 들었다. 나는 바닥을 박차고 밖으로 달려나갔다.

"……."

"살려… 허, 헙!"

프린은 다급히 자신의 입을 막았다. 나는 작게 한숨을 쉬고 주위를 둘러보았다. 좋지 못하다. 상황은 점점 최악으로 흘러가고 있다.

"후……."

모래 굴에서부터 몰려나오는 코볼트들이 보였다. 눈에 보이는 숫자만 해도 어림잡아 백은 넘을 것 같았다. 게다가 아직 꾸역꾸역 나오는 중이었다. 상대하기에는 너무나 많다. 내가 구사하는 어설픈 검술은 지구력 같은 것은 지니지 못했다.

"끼엑?"

"끼익?!"

"끼에에에엑!!"

"뭐라는 거야? 빌어먹을."

분명 호의적인 대화는 아닐 것이다. 진득한 살기. 집단이 뿜어내는 살기는 몸을 압박할 만큼 거대했다. 나는 이를 악물고 검 손잡이를 꽉 쥐었다.

'달릴까? 그래, 무리를 해서라도 뚫어야겠어!'

더 이상 시간을 지체하면 안 된다. 모래 방책까지의 거리는 꽤 되었다. 사방이 포위되었지만 전력을 다해 뚫는다면 어떻게든 빠져나갈 수 있을 것이다.

'이 소녀는? 포기해야 하나?'

한 손을 쓰지 못하는 것이 너무나도 큰 위험 요소이다.

프린은 내 갈등을 눈치챘는지 내 팔을 꽉 잡았다.

'젠장, 나라는 놈은 무슨 생각을 하고 있는 거냐. 살아 있는 어린아이이지 않나! 공포에 젖어 떨고 있는……. 나는 괴물이 아니다. 인간이다.'

놈들이 제대로 진을 치기 전에 나는 강하게 바닥을 박차며 앞으로 달려나갔다.

'정면을 뚫자. 그다음 모래벽을 넘고 도주하자.'

간단하지만 무척이나 위험한 작전이었다.

정면에 있는 놈들이 당황하며 무기를 치켜드는 것이 보였다.

근력이 되는 놈들인지 단검 따위가 아니라 무거운 도끼를 들고 있는 놈들도 있었다. 빠르게 검을 찔러 도끼를 든 놈의 복부에 꽂아 넣었다. 그리고 힘을 주어 비틀었다.

"끼엑!"

그 자리에서 강하게 몸을 회전시키며 놈을 꽂은 채로 그렇게 휘둘렀다. 주위의 두세 놈을 그대로 뭉개 버리며 저쪽 구석으로 날아가 버렸다.

퍽!

쉬지 않고 달려가 코볼트의 복부에 발을 꽂아주었다. 먼지를 일으키며 뒤로 날아간 코볼트는 주위 놈들과 부딪치며 땅에 나뒹굴었다. 척추가 끊어졌으니 아무리 몬스터라고 해도 살 수 없으리라.

"끼에에!"

사방에서 달려들어 온다. 비명을 지르며 달려드는 모습이 무척이나 공포스러웠다. 나는 이를 악물고 정면을 향해 검을 마구잡이로 휘둘렀다.

서걱― 퍽!

두 놈 정도를 베고 다른 놈의 몸을 반 정도 가르다가 멈췄다. 반쯤 부서진 검날이 더 이상 나아가지 못하고 뼈에 박힌 것이다.

'어서 검을 빼야⋯⋯!'

퍽!

당황하는 사이 무언가 뭉툭한 것이 등을 때렸다. 검을 놓쳤다.

"으윽!"

넘어지면 안 된다! 기우는 몸을 간신히 지탱시키고는 뒤를 돌아 나를 내려친 놈의 목을 부여잡았다.

"으아아!"

힘을 짜낸다. 근육이 끊겨 버리는 고통을 참으며 모든 힘을 다해 휘두른다.

퍼퍼퍽!

주위를 둘러싼 놈들이 곤죽이 되어버리며 떨어져 나갔다. 반쯤 남은 코볼트의 시체를 던져 버리고는 숨을 몰아쉬었다. 움직임이 잠시 멈춤과 동시에 놈들이 무섭게 달려들어 오기 시작했다. 멈추면 안 된다.

주먹을 휘두르고 발로 차기를 반복했다.

"하아……!"

피가 튀겼다. 온몸을 타고 끈적거리며 떨어져 내리고 있다. 피와 살점을 뚫고 앞으로 나아가고 있다. 더디기는 하지만 뚫고 나아가고 있는 것이다.

"큭!"

예리한 단검이 허벅지에 파고들었다. 단검을 찌른 녀석을 주먹으로 쳐내고는 단검을 뽑았다. 피가 뿜어져 나왔지만 움직이지 못할 정도는 아니었다. 프린을 든 손을 공격해 오는 놈들이 보였다.

퍽!

정면의 놈은 쳐냈지만 그 옆의 놈은 쳐내지 못했다. 나는 빠르게 몸을 비틀어 최대한 프린을 보호했다.

"크……."

가벼운 무기라 상처가 깊지는 않다. 하지만 이런 식으로 지속되다가는 바닥에 눕는 것은 바로 나일 것이다. 큰 상처를 감수하고서라도 무리할 필요성을 느꼈다. 나는 이를 악물고 프린을 두 손으로 안았다.

프린과 눈이 마주쳤다. 눈물범벅이 된 프린은 하얗게 질린 채 내 눈동자를 바라보고 있었다.

순간 웃음이 나오는 것은 왜일까?

살짝 웅크려 심호흡을 한다. 그리고 정면을 바라본다. 단번에 뚫어버리자!

"하압!!"

뭉개 버리겠어!

모든 힘을 쥐어짜 내며 돌진했다. 휘둘러 오는 것들은 큰 상처가 생기지 않을 정도로 최소한의 움직임으로만 피해냈다. 달려오는 놈들은 어깨로 부숴 버렸다. 부딪치며 곤죽이 되어 버린 놈들의 피가 사방에 뿌려졌다. 입가에 묻은 놈들의 피가 기분 나쁜 비릿함을 선사해 주었다.

빽빽한 놈들 사이로 모래 방책이 보였다.

'다 왔다. 조금만 더 가면 된다!'

나는 어깨로 강하게 코볼트를 날려 버리고는 힘을 주어 점프했다. 하지만 부족하다.

퍽!

코볼트의 머리를 강하게 밟아 더 높이 날아올랐다.

'됐어! 넘을 수 있어! 이 정도라면 넘을 수……!'

흠칫―!

'이 느낌은……!'

순간 모든 것이 느리게 느껴지기 시작했다. 감각이 곤두섰기 때문일까? 공중에 뜬 채로 아무것도 들리지 않았다. 단지 느껴지는 것은 등 뒤를 찌르는 듯한 날카로운 살기.

나는 고개를 돌렸다.

"윽!"

등에 거대한 화살이 박혀 들어가는 것이 느껴졌다. 그 고통을 잊을 만큼 또렷하게 보이는 존재가 있었다. 백을 훨씬 넘어선 코볼트 무리의 중앙에서 나를 노려보고 있는 거대한 코볼트! 커다란 활을 들고 흉흉한 붉은 눈으로 나를 직시하고 있었다.

저놈이……!

집단의 우두머리, 코볼트의 보스!

눈이 마주치는 것만으로도 느낄 수 있었다. 결코 무시할 수 있는 상대가 아니라고. 온몸을 저릿하게 만드는 살기를 내뿜는 몬스터가 이곳에도 있을 줄은 몰랐다. 놈은 강하다.

순식간에 시간이 빨라지기 시작했다. 등에 맞은 화살의 힘이 나를 더욱 멀리까지 날려 버렸다. 균형을 잃어버려 시야가 마구 돌기 시작했다. 역류한 피가 입으로 뿜어져 나옴과 동시에 나는 사막의 모래에 아무렇게나 처박혀 버렸다. 모래를 크게 나뒹굴고서야 멈출 정도로 화살의 힘은 대단했다.

"크으, 허억!"

빌어먹을, 더럽게 아프군. 한꺼번에 통증이 밀려왔다. 찔리고 베이고 뭉개진 상처에서 흘러나오는 피가 모래를 적셨다. 등에 박혀 있는 거대한 화살이 제일 심각한 상처였다.

입에서 피와 함께 모래가 잔뜩 섞여 나왔다. 분명 내장이 상했다.

"괜찮나?"

여기저기 긁힌 상처로 엉망이 됐지만 모두 자잘한 상처일 뿐이다. 내가 보호해 주었다고는 하지만 이렇게까지 무사할 줄은 몰랐다. 나는 후들거리는 발을 겨우 펴며 몸을 일으켰다. 시간만 충분하다면 회복할 수 있다. 중상이기는 하지만 회복할 수 있다. 지금은 빨리 피해야 한다. 전투를 할 수 있는 몸 상태가 아니다.

후두두 떨어져 내리는 핏방울과 함께 기력 또한 빠져나가는 느낌이 들었다. 겁에 잔뜩 질려 있는 어린 소녀가 보였다.

"살려줘……."

떨리는 입술로 그렇게 말했다. 더 이상 시간을 끌 수 없었다. 나는 손을 뻗었다.

"잡아."

뒤에서부터 무수한 발걸음 소리가 점점 커지기 시작했다. 그 소리를 들은 프린의 몸이 굳어버리는 것이 눈에 보였다. 달빛에 비친 소녀의 얼굴에서는 공포만을 느낄 수 있었다.

"어서!"

그제야 프린은 내 손을 잡았다.

나는 사막의 모래를 밟고 있다. 내가 모래 알갱이를 밟고 있는 한 나는 그 누구에게서라도 도망칠 수 있다. 이런 상처 따위 한두 번 당해본 것이 아니다.

'움직이자.'

찢어지고 상처가 나도 시간만 있으면 나는 다시 회복된다. 시간을 벌자.

나는 프린을 다시 옆구리에 끼었다.

뿜어져 나오는 피를 무시하며 힘을 주어 몸을 움직였다. 떨어지는 피의 양이 점차 줄어드는 것을 느낀 순간, 나는 다시 달리기 시작했다.

밤이 길다. 너무나도 길게 느껴졌다. 숨이 턱까지 차오르는 느낌은 익숙하기만 했다. 나는 비틀거리며 멈추어 섰다. 시야가 흐릿해진다. 쉬고 싶다. 무언가 먹고 싶다.

"……"

나는 모래 바닥을 바라보았다. 화살이 박힌 상처에서 끊임없이 피가 흘러나와 바닥을 적시고 있었다. 화살 때문에 지혈이 되지 않는다.

놈들이 분명 흔적을 쫓을 것이다. 일단 지혈을 하는 것이 우선이다.

나는 프린을 내려놓았다. 프린의 키는 내 허리에 미치지 못할 만큼 작았다.

"후……"

너무나도 여리게 느껴졌다. 나는 잠시 프린을 내려다보다가 그녀 앞에 앉았다.

"이름이 뭐지?"

눈을 맞추었다.

"프린……."

"그래, 프린."

프린은 머뭇거리다가 다시 입을 떼었다.

"절… 해치지 않을 거예요?"

"절대로."

프린은 내 눈을 바라보다가 고개를 작게 끄덕였다. 잠시 그렇게 눈빛을 교환했다. 나는 프린이 안심할 수 있는 상태가 될 때까지 기다렸다.

프린의 떨림이 조금 잦아짐을 느꼈다.

"내가 널 구해주마."

"절……?"

"도움이 필요하다."

프린은 머뭇거리다가 간신히 고개를 끄덕였다. 나는 천천히 등을 돌려 앉았다.

"뺄 수 있겠나?"

"이 화살… 요?"

나는 고개를 끄덕였다. 손이 잘 안 닿는 곳에 박혀 버려 혼자서는 무리였다. 프린이 빼낼 수 없다면 나는 화살을 앞으로 관통시켜 빼내는 극단적인 방법을 취해야 했다.

"…해볼게요."

"으윽!"

심한 고통이 느껴졌다. 프린이 화살을 잡는 것만으로도 속이 뒤집히는 느낌이 들었다. 뼈가 상한 것 같다. 이런 고통은 도저히 익숙해지지가 않았다. 익숙해지는 놈은 분명 변태뿐이겠지.

"아, 아파요?"

"한 번에 힘을 주어서 당겨."

"네, 네! 이익!!"

나는 이를 악물고 최대한 신음 소리를 내지 않으려 했다. 신음 따위를 흘린다면 코볼트에게 완전히 지게 되는 것 같았기 때문에.

놈들은 먹이다. 잡아먹히는 것은 놈들이다. 모래가 으스러질 때까지 주먹을 꽉 쥐었다.

"이이익!! 아? 됐다! 꺄악!"

화살이 빠지는 느낌과 함께 피가 뿜어져 나가는 것이 느껴졌다. 순간 힘이 빠져 앞으로 고꾸라졌다. 머리부터 모래에 처박혔다. 왠지 웃음이 나왔다. 예나 지금이나 이런 식으로 모래를 먹는 것은 여전했다.

"괜찮아요?"

압박한다면 피가 빨리 지혈되겠지만 지금은 그런 것까지 바랄 수 없을 것 같았다. 나는 팔을 감싸고 있던 붕대를 풀어서 상처 언저리에 대충 둘렀다. 조심스럽게 나를 올려다보는 꼬마가 내 눈에 들어왔다.

'구한 것을 후회하나?'

아니, 아니다. 다만 한심할 뿐이다. 내가, 그리고 이 상황이.

"너는……."

"네?"

"아니, 아무것도 아니다."

지금이라도 묻고 싶었다. 이 빌어먹을 곳에 대해, 이 망할 상황에 대해. 하지만 지금은 그럴 때가 아니다.

'조금 상황이 안정되면 그때, 그때 물어보는 것이 좋겠어.'

나는 프린을 다시 들고 달리기 시작했다.

내구가 올랐습니다.

체력이 올랐습니다.

육체와 정신력이 모두 한계에 이르러 죽을 만큼 힘들 때마다 내구와 체력이 오르곤 했다.

"괴, 괴물들이 보여요."

벌써 여기까지 쫓아온 건가? 달빛 아래 일렁거리는 먼지구름이 보였다.

획— 획—!

화살이 날아와 발밑에 박혔다. 화살의 사정거리에 들어올 만큼 가까워진 것이다.

"데이오스……."

"데이오스?"

“저 붉은 별, 길잡이 별이에요. 길을 잃었을 때 저걸 따라가면 된다고 했어요.”

프린이 가리킨 곳을 바라보자 지평선 위에 걸쳐 있는 붉은 별이 보였다. 그리 밝지 않을진대 수많은 밝은 별을 제치고 당당하게 존재감을 뿜는 별의 모습이 가슴에 와 닿았다.

저 별을 따라가야 한다. 죽지 않고 따라가야 한다. 지금은 그 방법밖에 없었다. 문제는 얼마나 걸리느냐, 얼마나 버틸 수 있느냐이다.

‘해보지 않고는 모르는 일, 움직이자.’

나는 힘을 주어 달리기 시작했다.

어떻게 해야 할까? 놈들의 속도는 생각보다 빨랐다. 그동안 나와 생사를 함께했던 검은 사라지고 없었다. 주력으로 쓸 무기는 다리춤에 꽂아놓았던 비상용 마법 단검밖에 남지 않았다. 강력하기는 하지만 다수를 상대하기에는 역시 무리가 있다. 숫자가 많다면 정면 승부는 자살 행위다.

나는 달리고 또 달렸다. 온몸이 비명을 질렀지만 결코 멈추지 않았다. 점점 몸의 상태는 좋아졌기에 속도를 서서히 올릴 수 있었다.

“하아! 하아!”

숨이 턱까지 차오른다. 한계를 넘어 온몸이 파괴되어 버리는 것 같다. 하지만 멈추지 않았다.

“어느 정도는 따돌린 것 같군.”

“다, 다행이에요.”

정말 미치도록 달린 것 같았다. 도망친 것이다.

약체라고 생각했던 놈들에게 쫓겨 도망치는 것이 무척이나 자존심이 상했다.

지금이라도 당장 돌아가 모두 묵사발을 내주고 싶은 마음이 굴뚝같았지만 그럴 몸 상태가 아니다. 몸 상태가 좋다고 해도 그 무수한 숫자를 전부 감당해 낼 수 있을지 의문이다.

게다가 그 커다란 붉은 눈의 코볼트는 더더욱.

이제는 장기전이다. 놈들이 쉽게 포기해 주면 좋을 테지만 그렇지 않을 경우도 있다.

"아저씨를 믿어도 돼요?"

"믿어라."

프린은 손을 뻗어 내 손을 잡았다.

"괜찮나?"

"그런 것 같아요."

나는 프린의 머리에 손을 얹고는 거칠게 쓰다듬었다.

프린과 나는 이야기를 하지 않고 걷기만 했다. 코볼트 무리가 시야에 들어올 정도가 되면 걷지 않고 전속력으로 도망치겠지만 어느 정도 거리가 있는 지금은 체력을 보충하는 편이 좋았다. 도망친다는 표현보다는 후퇴라는 말을 쓰도록 하자.

프린은 아무 말 없이 따라 걸었다. 생각보다 잘 따라오고 있었다.

나는 고개를 들었다. 밤하늘의 별을 보았다. 아는 별자리라고는 하나도 없는 기이한 밤하늘. 크고 웅장하고 아름다운 모습이 이제는 두렵게까지 느껴졌다.

저곳은 우주일까? 내가 아는 곳이 있을까?

"이곳은 어디지?"

"이곳이요?"

"대답해 줄 수 있나? 이곳이 어디인지, 프로젝트에 참여한 다른 사람들은 어디 있는지."

"프로젝트?"

아무것도 모르는 것 같았다. 내가 알고 있는 당연한 것을 모르고 있다.

'어째서일까? 분명 인간일진대 잊어버린 건가?

나는 프린을 바라보았다.

"사람들 말로는 침묵의 사막이래요."

"너는… 이곳에서 태어나고 자란 것인가?"

"저는 잘 기억이 나지 않지만 원래는 다른 지방 출신이라고 할아버지가 말해줬어요."

"다른 지방? 지구가 아닌가?"

"지구? 거기가 어디에요? 아저씨 고향인가요?"

그렇게 말하며 살짝 미소를 짓는 프린이었다. 나는 시선을 돌렸다. 프린은 이 세계에서 태어나고 자랐다고 말하고 있다. 이 세계가 자신의 세계라 여기고 있는 것이다. 혼란스럽다. 무척이나 혼란스럽다. 거짓말을 하고 있는 것 같지는 않다.

'어려서 그런가? 무언가 기억에 혼란이 생긴 건가?

의문이 꼬리를 물고 이어졌다. 모든 것이 더욱더 불확실해
져 버렸다.

"비명 질러서 죄송해요. 그 파란 괴물들은 사람을 잡아먹는
데요. 아저씨도 절 잡아먹을 줄 알았어요."

"내가 괴물로 보이나?"

프린은 한참을 망설이다가 작게 고개를 끄덕였다. 나는 내
몸을 내려다보았다. 온몸에 굳어 있는 녹색 피는 분명 끔찍하
게 보일 것이다. 게다가 눈만 빼놓고 다 붕대를 감고 있으니
더더욱 흉측하게 보이겠지.

나는 얼굴에 있는 붕대를 살짝 내려서 프린에게 보여줬다.
내 얼굴을 뚫어지게 바라보다가 프린은 환하게 웃었다. 이제
날 완전히 믿는 것 같았다.

'진작 얼굴을 보여줄걸.'

나를 괴물로 생각하는 줄 더 빨리 눈치챘더라면 진작 그랬
을 것이다.

"어때? 생각보다 잘생겼지?"

"글쎄요?"

나는 피식 웃으며 앞으로 걸어갔다.

"보는 눈이 없군."

"솔직히 말하면, 지저분해요."

분위기가 많이 풀렸다. 나에 대한 두려움도 이제는 찾아볼
수 없었다.

'자, 생각을 정리해 보자.'

코볼트들의 본거지에서 이 꼬마를 찾았다. 꼬마는 이 세계에서 태어난 존재고 프로젝트나 지구에 대해서는 모르는 것 같았다.

과연 이것이 이 꼬마에게만 해당되는 일인지, 아니면 사람들 전체에게 해당되는 일인지 알아볼 필요가 있다.

'만약 나만 알고 있다면… 그렇다면 나는…….'

머리가 아파왔다. 일단 이곳을 벗어난 다음에 생각하도록 하자. 충격 속에 빠져 아무것도 못할 것 같았다. 나는 떠오르는 의문들을 억지로 억눌렀다.

"생각보다 차분하군."

나는 관심을 프린에게 돌렸다. 이런 공포스러운 일을 겪었는데도 프린은 침착해 보였다.

"할아버지가 절망하기보다는 현실을 인정하고 긍정적으로 앞날을 생각하라고 했거든요. 무슨 말인지는 잘 모르겠지만 잘 웃으라는 말 같아요."

프린의 몸은 떨리고 있었다. 눈은 두려움과 공포에 젖어 있었지만 그것을 내색하려 하지 않았다. 어색한 웃음으로 두려움을 가리기 위해 필사적인 것이 보였다. 이 소녀는 두려움과 싸우고 있다.

힘든 싸움이겠군. 나는 프린의 머리에 손을 얹었다.

"착하군."

"그래요? 아저씨도 착한 것 같아요."

"하하!"

나는 다시 걷기 시작했다. 마을이 얼마나 떨어져 있는지 모르지만 아마 그리 멀지 않은 곳에 있을 것이다. 코볼트가 그들을 공격할 수 있을 만큼 가까운 거리일 테니까.

나는 늘 사막을 걸었다. 아무런 말도 하지 않고 목표를 향해 걸었다. 똑같이 사막을 걷고 있는데 어째서 기분이 이렇게 다른 것일까?

나는 밤을 새워서 걸었다. 한계에 이른 육체와는 대조적으로 기이하게 편안한 마음속에서 나는 걸었다.

"우웅……."

"……."

걷는 도중에 곯아떨어져 버린 프린을 버리고 갈 수는 없었다. 붕대를 풀어 대충 포대기를 만들어서 등에 매었다. 영 폼이 안 나는 것은 당연했다. 나는 레벨이 얼마나 올랐는지 확인하려다가 그만두었다.

'지금은… 이대로 걷고 싶다.'

간만에 찾아온 마음의 정적을 조금은 더 느끼고 싶었다.

저 멀리서 태양이 솟구쳐 오르는 것이 보였다. 어두웠던 사막을 붉게 물들이며 희망과 절망의 존재가 떠오르는 것이었다. 태양의 열기가 조금씩 몸에 스며드는 느낌이 들었다. 전신의 근육에 힘을 주어보았다.

"괜찮군."

몸은 그럭저럭 회복되었다. 초록 피와 붉은 피가 묻은 몸을 바라보다가 고개를 젓고는 힘을 주어 걷기 시작했다. 타는 듯한 갈증에 가방에서 물주머니를 꺼내 입에 물었다.

모래 맛이 느껴지는 탁한 물이다. 게다가 비릿한 냄새까지 심했다.

"음?"

나는 발끝에서부터 느껴지는 진동에 진한 미소를 지었다. 너무나도 익숙한 진동이었다. 그 빌어먹을 사막 바깥에 나와서 처음 느껴보는 감각. 나는 뇌전을 머금은 단검을 뽑았다.

모래 표면이 움직이는 것이 보인다. 매끄러운 재질의 바위가 솟아나는 것처럼 모래를 뚫고 거대한 몬스터가 모습을 드러냈다. 내 먹이가 되어주었던 사막전갈. 이쪽 사막으로 넘어와 처음 보는 모습에 나는 반가운 마음이 들었다.

"여기까지 넘어온 건가? 대단하군."

조금 이상했다.

"뭐지?"

아지랑이?

전갈의 표면에서부터 미세하지만 검은 아지랑이가 솟아나고 있는 것이 보였다. 전갈은 비틀거리며 움직이려고 애를 썼다.

하지만 다리에 힘이 들어가지 않는 듯 이내 주저앉아 버렸다. 마치 검은 아지랑이가 녀석의 힘을 모두 빼앗아가는 것같이 느껴졌다.

죽어가고 있다.

'어째서 그런 건지는 모르겠지만 상관없겠지.'

지금은 먹이가 눈앞에 나타났다는 것이 중요했으니까. 머리

를 찔러 단숨에 죽이고는 대충 해체하기 시작했다. 먹을 만한
부위는 그리 많지 않아 크기에 비해 건지는 것은 별로 없었다.

그렇다고 하더라도 삼 일 정도는 버틸 수 있을 것이다. 대략
큰 부위의 고기만을 잘라 가방에 넣어두었다. 세세하게 해체
할 시간이 없다. 대충 챙기고 빨리 자리를 떠야 한다.

"으응… 어?"

프린이 깬 모양이다. 나는 포대기를 풀어 프린을 바닥에 내
려놓았다.

"주, 죽은 거예요?"

"그래."

전갈에게 다가가 손으로 쿡쿡 찌르더니 안심한 모양이다. 나
는 해체 작업을 계속하기 시작했다. 전갈의 독침을 잘라내었다.

Item

[一]사막전갈의 독침

마비를 일으키는 독이 뿜어져 나오는 독침. 바늘처럼 날카로운 것이
특징이다.

'비상시에 어느 정도 효과는 보겠지.'

내성이 있다면 곤란하겠지만 코볼트에게는 시험을 해봄 직

했다. 전갈 고기는 생으로 먹어도 그럭저럭 괜찮아서 대충 뜯어 입에 물었다.

간만에 먹는 제대로 된 음식이다. 약간 비릿하지만 먹을 만했다. 나름 괜찮은 육회다.

"맛있나요?"

내가 먹는 것을 물끄러미 바라보는 프린의 모습에 나는 낮게 웃음을 내뱉었다. 머리는 떡이 진 산발이고 옷은 여기저기 찢어지고 더러워져 꼭 거지를 보는 것 같았다.

'배가 어지간히 고픈 모양이군.'

나는 고기를 찢어 꼬마에게 주었다. 꼬마는 입에 넣고 우물거리기 시작했다. 그러다 움직임이 멈추었다.

"으, 으, 으엑!"

왜 저러지? 꼬마는 고기를 모두 토해내고 입을 부여잡고 눈물을 글썽거렸다.

'그 정도로 맛이 없나?'

Item

[一]사막전갈의 고기

갓 잡아 신신한 사막전갈의 고기. 독이 있어 보통 사람은 먹기 힘들다.

'아, 그랬던가? 하긴 나도 처음엔 먹고 나면 어지럽고 몸이 무거워지는 느낌을 받곤 했지. 지금은, 음, 내성이 생긴 건가?

비틀— 비틀—

눈이 풀려 비틀거리는 프린이 보였다.

"어, 어어? 도, 돈다."

비틀거리더니 바닥에 자빠져 구르기 시작했다.

다행히 그렇게 치명적인 독은 아닌 것 같았다. 나는 가방에서 오아시스를 꺼내 먹였다. 반 모금 정도만 남은 오아시스였다.

"우, 우엑!"

"미안하군."

오아시스를 먹였으니 시간이 지나면 괜찮아질 것이다.

일단 방향은 태양이 떠오르는 쪽으로 잡았다. 별이 사라진 쪽에서 떠올랐으니 아마 방향은 대충 같을 것이다. 일단 대충이라도 흔적을 지우고 이동하도록 하자. 내가 해체된 전갈을 모래에 묻으려 허리를 숙일 때였다.

퍽! 퍽! 퍽!

퍼퍼퍽!

하늘에서 비가 내렸다. 아니, 비보다는 확실히 커다란 무언가가 하늘에서부터 우수수 떨어져 내렸다.

"……."

자세히 보니 아주 익숙한 놈들이 머리부터 바닥에 꽂혀 부들부들 떨고 있었다. 나를 쫓던 코볼트 놈들이 하늘에서 떨어져 바닥에 꽂혀 버린 것이다. 놈들이 하늘을 날 수 있을 리가 없었다.

'그렇다면……'

바람의 흐름이 달라졌다. 나는 다급히 뒤를 돌아보았다.

멀리서 피어오르는 먼지가 보였다. 주위의 모래를 모두 위로 솟구쳐 오르게 하며 점점 부피를 키워 나가는 괴물.

사막의 악몽, 모래 폭풍이었다.

'방심했다.'

이쪽 사막에서 저 정도 규모의 모래 폭풍이 발생하리라고는 예상하지 못했다. 확실히 자연적으로 발생하는 것이라고 보기에는 무리가 있어 보였기 때문이다. 그렇다면 혹시?

"끼에에에에엑!"

퍽!

내 바로 앞에 코볼트 하나가 꽂혔다.

휘이이이―!

Information

[D+] 죽음의 모래 폭풍

중앙 사막에서 발생하는 모래 폭풍. 밤에 활동하는 발광 몬스터가 햇빛에 노출되었을 때 몸이 부서지며 발생한다. 등급이 높을수록 강력하며 지속 시간이 높다.

*속성:풍(風).

모래 폭풍이 몬스터라고는 생각하지 못했다. 내가 있던 사막에 모래 폭풍이 미치도록 많았던 것이 드디어 이해가 되기 시작했다. 중앙 사막으로부터 여기까지 올 정도면 분명 대형 몬스터일 것이다.

과연 짐작조차 할 수 없는 크기다.

"몬스터라면 분명 따라오겠군."

나를 쫓는 코볼트를 모조리 날려 버린 것도 이해가 되었다. 의지를 가진 모래 폭풍이라면 분명 무작위로 돌아다니는 것보다는 생명체를 날려 버리는 쪽이 더 흥미롭겠지.

과과과—!

모래 폭풍이 나를 본 것 같았다. 멀리서 어렴풋이 보이던 모래 폭풍이 천천히 확대되기 시작했다. 내가 있는 쪽으로 직행하고 있는 것이다.

"역시……."

"어……?"

프린은 정신을 차린 모양인지 두 눈을 깜빡이며 나를 바라보았다. 인상을 찌푸리며 벌린 입에는 모래가 가득했다. 전혀 기억나지 않는 듯했다. 물론 기억하지 않는 편이 좋았다.

"괴, 괴물들이……?"

나는 프린을 들어 옆구리에 끼었다.

"저, 저, 저거 뭐예요?"

확실히 찍혀 버린 모양이다.

'도망쳐야 해!'

진짜로 전력을 다해 도망쳐야 한다. 모래에 빨려 들어가면 목숨을 장담할 수 없다.

전력을 다해 뛰기 시작했다.

'프린을 만나고부터 계속 뛰기만 하는군!'

모래 먼지 때문에 시야가 가려졌다. 공기가 굉장히 탁해져 호흡이 턱턱 막혀왔다. 모래 알갱이가 수도 없이 전신을 때렸다. 젖 먹던 힘까지 짜내며 달렸다.

점점 뒤에서 당기는 느낌이 강해지고 속도는 느려지기만 했다. 벌써 영향권에 들어가 버린 것이다. 상당한 거리가 있었음에도 몸이 휘청거릴 정도로 흡입력은 굉장했다.

벌써 반 이상 따라잡혔다. 이대로는 당한다. 빨려들어 가고 만다. 아니, 이미 늦었다.

점점 한 발 한 발 내딛기가 힘들어지기 시작했다. 몸이 뒤로 크게 휘청거렸을 때, 나는 처음으로 뒤를 돌아보았다.

과과과과과과—!!

"아……!"

나도 프린도 넋을 잃었다. 한눈에 들어오지 않을 만큼 거대하고 공포스러운 죽음의 기둥이 눈앞에 펼쳐진 것이다.

순간 사고가 굳어버렸다. 아무것도 생각할 수 없었다.

"꺄아아아악!"

"으윽!"

정신을 차렸을 때는 이미 몸은 공중에 떠 있었다. 모래가 날카롭게 전신을 때렸다. 날아가려는 프린을 간신히 붙잡고 품에 안았다. 프린은 허겁지겁 내 목에 매달리며 떨어지지 않으려 애썼다.

'빠져나가야 하는데……!'

엉망진창으로 솟구친다. 빨려 올라가는 것이다. 시야가 마구 돌았다. 뺨을 때리는 모래에 정신을 잃을 것 같았다.

퍽!

"컥!"

단단한 무언가와 부딪쳤다. 간신히 고개를 돌려 옆을 보니 거대한 몬스터가 보였다.

'중형 몬스터?!'

몸을 웅크리고 있는 중형 몬스터들이 보였다.

"사, 살려줘요! 꺄악!"

정신을 차릴 수 없을 정도로 빙빙 도는 몸을 애써 움직이며 균형을 잡았다. 나는 균형을 잡아 몬스터들과 충돌하지 않기 위해 애썼다. 계속 해서 위로 빨려 올라가기 시작했다.

뭐라도 해야 한다. 쓸데없는 발악일지라도 해야 한다.

균형을 유지하기 위해 몸을 쫙 펴고 간신히 주위를 둘러보았다.

모래 폭풍의 중앙에서 맹렬하게 회전하고 있는 무언가가 보였다. 모래와 먼지에 가려 잘은 보이지 않았지만 자체 발광을 하고 있어 간신히 알아볼 수 있었다.

"윽!"

몸이 급격하게 흔들렸다. 위로 갈수록 어마어마한 양의 모래가 몸을 덮쳐 왔다.

'얼마만큼 올라온 거지?

사방이 먼지로 막혀 짐작을 할 수 없었다. 바람 소리 때문에 아무것도 들리지 않았다. 눈을 간신히 떠 위치를 파악하려 애썼다. 이대로 허무하게 죽을 수는 없다. 무언가 대책을 강구해야 한다.

'나는 이렇게 죽기 위해 버텨온 것이 아니라고!'

불확실함 속에서 죽기는 싫다. 죽음이 진정한 죽음일 수도 있다. 나는 죽어서는 안 된다. 본능이 그렇게 외치고 있다.

발광체에서 검은 기류가 보이기 시작했다. 수명이 다한 것일까? 그와 동시에 회전 속도는 급격히 약해지기 시작했다.

무너진다.

폭풍이 무너지고 있는 것이다.

멈췄다.

위로 향하던 모든 것이 그 자리에 멈춰 버렸다. 마치 중력이 존재하지 않는 것처럼 하늘을 부유하고 있는 것이다.

"우, 우리 날고 있어요."

아니, 나는 것이 아니다. 단지 올라가는 힘이 약해져 중력과의 균형이 얼떨결에 맞춰진 상황이었다.

"…곧 떨어진다."

"네? 그, 그럼……!"

힘이 약해져서 밖으로 배출되지 않기 때문일까? 모래의 밀도는 무척이나 높아 마치 하늘에 떠 있는 섬을 연상시켰다.

얼마나 강하게 밀어 올렸기에 이 정도 규모의 모래가 공중에 형성된단 말인가. 그만큼 빨아올린 모래의 양은 어마어마하게 많았다.

지독하게도 강력하다. 이건 거의 재해 수준이다.

멀리서 보자면 마치 나사와도 같은 형태로 되어 있을 것이다. 아무렇게나 파묻혀 있던 코볼트는 머리에 물음표를 그리며 모래 위에 일어섰다. 하늘에 떠 있는 이 상황이 도저히 이해가 가지 않는 모양이다.

프린 또한 눈을 동그랗게 뜨고 주위를 바라보았다. 시간이 느리게 가는 듯 서서히 떨어지기 시작하는 온갖 물체들이 경이롭게까지 느껴졌다.

툭—

투두두둑—

균형이 깨지기 시작했다. 뭉쳤던 모래가 터져 나가며 마치 폭포가 흐르듯 밑으로 떨어지기 시작했다.

'떨어진다!'

모래와 함께 떨어져 내리고 있었다. 떨어지는 모래의 속도는 처음에는 그렇게 빠르지 않다가 갑작스럽게 가속도가 붙기 시작했다.

먼지 사이로 필사적으로 몸을 회전시키는 발광체가 보였다. 검은 아지랑이가 솟구칠 때마다 마치 비명을 지르듯이 바람을 토해냈다.

하지만 그것도 한계에 이르렀다.

텅!

발광체가 깨져 버렸다. 그와 동시에 모래 폭풍이 소멸했다.

완벽하게 죽어버린 것이다. 몸이 균형을 잃어버려 뒤로 뒤집어졌다. 하늘이 보인다. 먼지 구름 사이로 푸른 하늘의 윤곽이 보였다. 구름이 바로 앞에 있다.

도대체 얼마만큼 솟구친 것인가?

빠르게 떨어지기 시작했다. 미칠 듯한 속도라는 것이 몸으로 이해가 되기 시작했다.

"끼에에에에엑!!"

비명을 질러대는 코볼트와 더불어 중형 몬스터도 보였다. 모두 잔뜩 몸을 웅크리고 낙하의 충격에 대비하고 있었다. 무척이나 익숙한 듯 말이다.

무언가 생각이 났다.

"그 방법이라면……!"

언젠가 모래 폭풍에 빨려 올라갔을 때를 상상하며 장난삼아 생각했던 대비책이 떠올랐다. 중형 몬스터는 겉이 매우 단단했다. 수천 미터 상공에서 떨어져도 아무런 흠집이 나지 않을 만큼 말이다.

분명 내부에 장기가 있을진대 어째서 아무렇지도 않은 걸까? 몸 안에 어떤 특수한 장치가 되어 있음에 틀림없다.

'그 속에 들어가기만 한다면……!'

살아남을 수 있다!

몸을 웅크려 낙하 자세를 취하고 있는 커다란 거미 한 마리가 보였다. 사막전갈의 수배에 해당할 만큼 컸다. 웅장하게 느껴질 정도다.

평소라면 무슨 일이 있어도 가까이 가지 않겠지만 지금은 사정이 달랐다. 이대로는 어차피 죽을 테니까!

"꺄아아아아!"

프린의 비명 소리가 이제야 희미하게 들렸다. 바람 소리와 섞여 날카롭게 느껴졌다.

나는 다급히 거미 쪽을 바라보았다. 내 바로 아래쪽에서 빠르게 떨어지고 있었다. 나는 이를 악물고 바람의 저항을 최소화했다. 내 목에 매달린 프린은 마치 망토처럼 펄럭이기 시작했다.

"정신을 잃으면 안 돼! 꽉 붙잡아!"

"꺄악!"

심장이 폭발할 것 같이 두근거린다. 귀를 때리는 모래와 바람 소리에 고막이 찢겨 나갈 것 같았다. 거미와 거리가 점점 좁혀지기 시작했다.

다 왔다! 손만 뻗으면 된다! 나는 필사적으로 손을 뻗었다.

미끌!

닿았던 손이 미끄러졌다. 동시에 온몸이 비틀거리며 균형을 잃었다.

포기하면 안 된다.

'다시! 다시 한 번 해보자!'

나는 필사적으로 손을 뻗었다.

잡았다!

표면이 무척이나 미끄러워 다시 떨어질 뻔했지만 온몸을 날려 다리를 부여잡았다.

"노, 놓치겠어요!"

날아갈 뻔한 프린을 간신히 붙잡고는 옆구리에 끼었다.

꿈틀—

거미가 꿈틀거린다. 하지만 움직이지는 않았다. 이곳에서 움직였다가는 목숨이 위태롭다는 것을 아는 듯했다. 정말 다행이었다.

나는 표면에 바짝 붙어 몸통으로 기어가기 시작했다. 길게 돋아 있는 털을 잡으며 앞으로 나아갔다.

몸이 끊임없이 흔들렸지만 근력으로 버텨내었다. 근력에 투자한 스탯이 전혀 아깝지 않았다. 간신히 몸통에 도달할 수 있었다. 검은색 몸통은 무척이나 단단해 보였다. 실제로도 엄청나게 단단했다.

최후의 문제는 어떻게 뚫고 들어가느냐이다. 그것에 대한 해결책!

나는 단검을 매만졌다.

파괴력이 강한 무기를 가지고 있다. 이것으로 뚫을 수 있을지 모르지만 시도는 해봐야 한다.

'죽을까 보냐! 이런 곳에서 죽을 수 없다!!'

나는 단검을 꺼내 위로 치켜들었다. 온 힘을 다해야 한다. 호흡을 모아서 한 번에!

뇌전 마법이 걸린 단검. 일회성이기는 하나 분명 마나 실드라는 것을 파괴할 수 있다고 했다. 마나 실드가 무엇인지는 모르지만 이 단검의 파괴력은 분명 범상치 않을 것이다.

뚫을 수 있을 것이다! 반드시!

푹!

강하게 찔러 넣었다.

파지지직! 펑!

'됐다!'

전류가 흐르는 느낌과 함께 표피가 살점과 터져 떨어져 나갔다.

생각보다 상처가 크다! 역할을 다한 단검은 가루가 되어 사라졌다. 표면에 심한 균열이 생겼다. 나는 갈라진 곳을 부여잡고 강하게 잡아 뜯었다.

부, 부지지직!

조각난 표피가 하늘로 날아올랐다.

"쿠워어어어어!"

놈이 울부짖었다. 늦기 전에 빨리 들어가야 한다!

“내 목을 잡아!”

“네? 네!”

옆구리에 껴 있던 프린이 내 목을 잡았다. 나는 한 손으로 갈라진 틈을 잡고 다른 한 손을 강하게 구멍 속에 쑤셔 넣었다.

물컹—

힘있게 당겨 내장 같은 것들을 빼냈다. 피가 미치도록 솟구쳐 올라갔지만 지금은 그런 것을 신경 쓸 때가 아니다.

공간은 비좁지만 어떻게든 들어갈 수 있어 보였다. 프린을 먼저 쑤셔 넣고 내 몸을 억지로 쑤셔 넣었다.

“우욱!”

부드러운 내용물들이 압박해 왔다.

구역질나는 냄새에 돌아버릴 것 같았지만 억지로 참아냈다. 손을 뻗어 내용물을 끌어 모았다.

“숨을 들이켜!”

프린이 숨을 들이켜는 것을 보고 크게 호흡한 다음 구멍을 막았다. 이 내용물이 쿠션 역할을 해줄 것이다. 꼬마는 나를 꽉 끌어안았다. 내용물을 더 끌어 모아 꼬마의 몸에 감싸주었다.

‘이제는 하늘에 맡길 수밖에⋯⋯.’

나는 몸을 웅크리며 충격에 대비했다.

순간 아무것도 들리지 않았다.

콰아아앙!

강한 충격이 전신을 때렸다. 뼈가 뒤틀리며 내장이 관통되는 듯한 고통이 밀어닥쳤다.

웅— 웅—

그저 먹먹하다. 머릿속이 어둡다. 잠시 정신을 잃었던 것 같다. 입안에 고인 피를 뱉어내었다. 귀가 날아가 버린 걸까? 웅웅거리는 소리밖에 들리지 않았다.

축 처진 프린의 몸이 느껴졌다.

'나가야 한다! 빨리!'

나는 삐걱거리는 몸을 필사적으로 움직였다. 내용물을 밀어내고 손을 뻗어 막았던 구멍을 다시 뚫었다. 눈부신 빛과 함께 상쾌한 공기가 밀려들어 왔다.

"으윽."

팔이 부러진 것 같다. 왼쪽 팔이 움직이지 않았다. 나는 프린의 옷을 입으로 물고 오른 팔을 뻗어 기어 올라가기 시작했다.

다리의 감각이 없다. 척추가 망가진 것일까?

부들부들 떨리는 손을 뻗어 필사적으로 밖을 향해 기었다. 손을 뻗자 표피가 잡혔다. 나는 강하게 힘을 주어 몸을 밖으로 빼냈다.

"크윽……."

상반신이 밖으로 빠져나오자마자 꼴사납게 바닥으로 추락했다.

머리라도 다친 걸까? 시야가 거뭇거뭇하다. 손을 더듬어 프린을 만져보았다.

'다행이다. 정말…….'

프린의 심장이 뛴다.

"괜… 찮냐?"

떨리는 입을 떼어 목소리를 밀어내었다. 소리가 거칠게 갈려 나왔다. 머리가 어지럽다. 허공에 붕 뜬 기분이다.

'나는 괜찮은 건가? 괜찮겠지.'

죽을 정도는 아니다.

한숨 자고 나면 괜찮아질 것이다.

그저 상처가 나고 조금 지쳤을 뿐이다.

'조금만 자고 나면…….'

순간 어둠이 찾아왔다.

Chapter 06
노력의 결과

프린은 모래에 떨어지는 느낌과 함께 눈을 떴다.

"콜록콜록!"

입안에 들어 있던 거미의 내용물을 뱉어내고 목을 부여잡았다. 금방이라도 토할 것처럼 역겹기만 했다.

"으우……."

온몸이 욱신거렸지만 울지 않았다. 울면 지는 거라고 그녀의 언니가 늘 말해주었기 때문이다. 울지 말고 강해지라고 그렇게 말해주곤 했다. 프린은 언니가 보고 싶었다. 괴물들에게 잡혀 깜깜한 어둠 속으로 들어갈 때에는 미친 듯이 언니의 이름을 외쳤다.

곧 구해줄 것 같아서.

"꺄악!"

프린은 집채만 한 거미를 보고 힘이 풀려 주저앉았다. 온통 검은색인 거미는 너무나도 커다랗고 징그러웠다. 길게 뻗어 있는 다리가 마치 자신을 찢어버릴 것만 같았다. 움직이지 않는다는 것을 안 프린은 안도의 한숨을 내쉬었다.

"어? 아저씨?"

그제야 자신의 발밑에 있는 손이 눈에 들어왔다. 프린의 시선이 저절로 옮겨졌다.

온몸에 검은색 붕대를 감고 있는 사내. 그 모습이 무척이나 흉측해 보였지만 지금 프린에게는 그런 것이 전혀 느껴지지 않았다.

"아……."

오직 피를 흘리며 쓰러져 있는 모습만이 눈에 들어왔다. 거대한 거미도, 뜨거운 사막도 모두 잊어버렸다.

"아저씨!"

심하게 뒤틀려 있는 팔과 다리는 아무것도 모르는 프린이 보기에도 무척이나 심각해 보였다. 프린은 떨리는 손으로 그를 흔들었다.

"아저씨? 죽은 거야?"

작은 손에 몸이 힘없이 흔들렸다.

"아, 안 돼! 아저씨!! 일어나 봐요!!"

아무런 미동도 하지 않았다. 정말 죽어버린 것처럼 그렇게 누워만 있었다. 프린의 눈에서 눈물이 흘렀다. 울지 않으려 했는데, 분명 그랬을 텐데 눈물이 볼을 타고 흘러내렸다.

"아저씨!! 제발… 눈을 좀 떠봐요……."

프린은 그의 몸에 무너져 내렸다. 흐느끼며 흔들어보았지만 반응조차 없다. 눈물을 흘리다 멍해져 그의 옆에 쭈그려 앉았다.

"아저씨……."

정신이 나간 것처럼 멍한 시선으로 그를 응시했다. 아무런 생각이 나지 않았다. 마치 퓨즈가 나간 것처럼 사고가 꺼져 버린 것 같았다. 그렇게 멍하니 있었다.

뜨거운 태양도, 타는 듯한 갈증도 느껴지지 않았다.

얼마나 지났을까?

"프린!!"

"……."

누군가 프린의 이름을 불렀다. 힘없이 프린의 고개가 돌아갔다. 저 멀리서 누군가 오는 것 같았다.

＊　　＊　　＊

무언가 따듯한 느낌이 들었다. 갑작스럽게 밀려오는 두통에 인상을 찡그렸다. 감각이 돌아오는 느낌과 함께 고통이 밀려왔다.

"으, 으음."

나는 무거운 눈꺼풀을 억지로 들어 올렸다. 시야가 흐릿해 잘 보이지 않다가 점차 회복되기 시작했다. 막혀 있던 것이 뚫리듯 거친 숨을 한 번에 몰아쉬었다.

살아 있는 것 같다. 그런 일을 겪고도 살아남았다.

코볼트와의 사투, 모래 폭풍과 거대 거미가 생각나자 힘없는 웃음만 지어졌다. 소설로 쓴다면 분명 몇 권 분량은 충분히 나오겠지.

"여긴?"

방 안인 것 같았다. 나무로 지은 건물 안인 것 같은데 무척이나 깔끔했다. 사람 사는 냄새가 나는 그런 푸근한 분위기였다. 몸에 덮여 있는 이불의 감촉은 상당히 부드러웠다. 오랜만에 느껴보는 부드러운 감촉이었다.

몸이 잘 움직이지 않았다. 고개를 들어보니 오른팔을 제외하고는 모두 단단한 지지대에 고정되어 있었다. 몸을 가리고 있던 검은 붕대는 대부분 사라졌지만 얼굴을 감았던 것은 여전히 남아 있었다. 무언가 배려라도 해준 것일까?

누군가 나를 치료해 준 모양이다. 그냥 가만히 두어도 치료가 되었겠지만, 이러는 편이 더 빨리 아물겠지.

'이곳은 어디지?

순간 프린의 모습이 뇌리를 스쳐 지나갔다.

'프린은? 프린은 무사한가?

나는 몸을 힘겹게 일으켰다. 고정된 팔다리에서 통증이 밀려왔다. 그리 심한 통증은 아니다. 잘려 나가지 않아서 회복하는 데 오랜 시간이 걸릴 것 같지는 않았다. 붕대를 풀어도 상관없을 것이다. 내가 붕대에 손으로 풀려고 할 때였다.

“그냥 놔두는 것이 좋을 것이네.”

문이 열리며 노인이 들어왔다. 흰 수염이 가슴까지 내려와 있고 단정하게 흰 머리를 묶어 무척이나 차분해 보이는 인상이었다. 나이가 분명 무척이나 많은 것 같았지만 쫙 펴진 허리와 강직해 보이는 체구는 나이를 초월한 무언가를 느끼게 만들어주었다.

나는 잠시 노인을 살폈다.

“날 구해준 것이… 당신입니까?”

“난 그저 치료를 해줬을 뿐이네.”

노인에게 묻고 싶은 것이 많았다. 하지만 쉽사리 입을 뗄 수 없었다. 프린처럼 아무것도 모른다고 할 것 같아 두려웠다. 지쳐 있는 지금이라면 분명 한순간에 모든 것을 놓아버릴 수도 있다.

‘지금은… 쉬자. 쉬는 것이 좋겠어.’

지지대와 붕대가 거추장스럽게 느껴졌다. 내가 팔다리를 바라보자 노인은 어두워진 표정을 지으며 입을 뗐었다.

“미안하지만 자네의 팔과 다리는 가망성이 없어. 잘해봐야… 움직이는 것이 고작이겠지.”

내가 불구가 된다고 생각하니 웃기긴 했다. 팔이 잘려 나간 적이 두 번 정도 있고, 다리가 뭉개진 적도 꽤나 있었던 것 같다. 입을 떼어 말하려다가 그만두었다.

“쉬도록 하게.”

피곤이 덮쳐 왔다. 조용히 눈을 감았다.

　　　　*　　　*　　　*

　제란 영감은 고개를 저으며 밖으로 나왔다. 굉장히 기이한 사내라고 생각되었다. 백이 넘어가는 코볼트를 뚫고, 무척이나 커다란 모래 폭풍에 빨려들어 거미의 내부에 들어가 살아남았다고 한다.

　프린의 말을 어느 정도까지 믿어야 할지는 모르지만 적어도 팔다리를 희생하면서 프린을 구했다는 것은 맞는 말 같았다. 실제로 거미의 시체를 두 눈으로 봤으니까.

　"오, 프린."

　밖에서는 한쪽 팔에 붕대를 한 너무나도 귀여운 소녀가 기웃거리고 있었다. 제란은 푸근한 미소를 그렸다.

　"아저씨는 괜찮나요?"

　"상처는 문제가 아니지. 다만 마음이 문제란다."

　"마음이요?"

　제란은 고개를 끄덕였다. 그가 절망하지 않았으면 한다. 팔과 두 다리를 잃고 절망하지 않을 사람이 어디에 있겠나 싶지만 그래도 제란은 그러기를 바랐다. 극단적으로 생각해 보면 어쩌면 프린을 원망하게 될지도 몰라 제란은 당분간 프린이 그자에게 가는 것을 막아야겠다고 생각했다.

　"방으로 돌아가자꾸나."

　"네, 할아버지."

제란은 프린을 두 번 다시 잃고 싶지 않았다.

*   *   *

나는 다음날 찾아온 노인에게 물었다. 이곳에 대해서, 내가 알고 있는 것에 대해서. 불안한 나의 생각이 여지없이 맞아떨어졌다.

최초에는 절망이었다. 머릿속이 텅 비어지며 아무것도 느껴지지 않는 그런 절망.

지구에 대해서, 태양계, 그리고 프로젝트. 노인은 아는 것이 없었다. 내가 알고 있는 어느 하나도 알지 못했다. 모르고 있었다.

프린도 모르고 있었고, 이 노인도 몰랐다. 아니, 애초부터 이렇게 다양한 연령층이 있다는 것 자체가 모순이었다.

'이곳은 정말 어디란 말인가? 나는 여태까지 무엇을 한 거지? 이곳은 도대체……!'

내 필사적인 물음에 노인은 고래를 설레설레 저으며 여러 권의 책을 가져다주었다. 대륙의 역사, 기원 등등, 무수한 사람이 사는 곳. 프로젝트에 참여한 십만여 명의 숫자가 한없이 넘어갔다. 그야말로 하나의 행성. 하나의 세계.

'다른 세계인 걸까? 그렇다면 정보창 같은 건……?'

수면 장치 속은 아니다. 이 정도 규모의 수면 프로그램이 있을 리가 없다.

‘이건… 정말로 온전히 존재하는 그런… 세계인가?

한동안 멍하니 앉아 있었다. 그만큼 충격적이었다. 허탈함과 함께 어떤 절망감 같은 것이 밀려왔다. 생각이 정리되지 않았다. 의미없는 쳇바퀴만 계속해서 돌아갔다. 생각을 정리하고 싶었다. 나는 식사조차 하지 않고 한동안 그렇게 멍하니 하늘만 바라보고 있었다.

얼마나 흐른 걸까?

그렇게 며칠이 흐른 것 같았다. 나비가 팔랑팔랑 날아와 내 코에 앉았다. 기이한 빛을 뿌리며 다시 날아가 버렸다. 자유롭게 날아가는 나비가 내심 부러웠다. 자기가 있을 곳으로 날아가는 나비가 부러웠다.

‘왜 부럽지? 나는 갇혀 있는 건가? 아직도 사막에 갇혀 있는 건가?

나는 필사적으로 목숨을 걸고 사막을 빠져나왔다. 그리고 성공했다. 나는 자유롭다. 갇혀 있지 않다.

‘그래, 이 세계에 대해 알지 못하는 것 때문에 내가 죽거나 하는 것은 아니다. 내가 자유롭지 못한 것은 아니다.’

알아가면 되는 것이다. 그렇게 행동해 왔듯이 앞으로도 알아가면 되는 것이다.

내가 이곳에 있는 이유가 분명 있을 것이다. 게임과 비슷한 이런 것들도 다 이유가 있을 것이다.

찾아야 한다.

앞으로 그것을 알아내야 한다.

"또다시 원점이로군."

하지만 의미가 있는 원점이다.

사막에서 사람이 사는 땅으로 온 것처럼 분명 상황은 점점 좋아지고 있다. 좌절할 필요 없다. 가능성을 계속 발견해 나가면 되는 것이다.

붕대가 거슬렸다.

팔과 두 다리에 붕대가 감겨 움직임이 자유롭지 못했다. 나는 그저 창가에 앉아 하늘만 바라보았기에 몸은 아직까지 붕대로 꽉 조여져 있었다.

음식이 담긴 쟁반을 바라보았다. 노인은 나에게 계속 음식을 권하곤 했다. 내가 멍해진 다음부터 하루에 한 번씩은 꼭 찾아와 말을 걸었던 것이 생각났다. 그리고 프린도 자주 찾아왔다. 때로는 웃으며, 때로는 눈물을 흘리며 내 옆에서 조잘조잘 떠들어대곤 했다. 무척이나 시끄럽게 말이다.

'나는 그저 시간이 필요했을 뿐인데.'

나는 피식 웃었다. 누군가 날 걱정해 주는 것은 정말로 오랜만이었다.

"그 사람, 아직까지 그러고 있나요?"

"음, 충격이 클 게야."

"삶의 의지가 전혀 없는 사람을 언제까지 챙겨줄 건가요?"

열린 문 사이로 목소리가 들려왔다. 어렴풋이 들은 적이 있는 목소리다.

'가끔 프린과 함께 찾아온 여자가 있었지. 프린의 언니, 바로 그녀로군.'

"프린을 구해준 은인이다, 사라. 말이 심하구나."

"그래도……."

"필요하다면 평생 보살펴 줄 생각이다. 무인으로서 생명을 완전히 잃었어. 프린을 구하기 위해서 팔다리를 모두 바쳤단 말이다. 너라면 그렇게 할 수 있겠느냐?"

"다, 당연합니다."

노인의 거친 목소리는 처음 듣는다.

"그렇다면 그 후는? 불구가 된 너 자신을 어떻게 받아들일 게냐."

"저는… 전……."

침묵이 이어졌다. 노인은 무언가 오해를 하고 있었다. 내가 불구가 된 것을 받아들이지 못하고 정신이 나간 걸로 생각하는 모양이다.

'하긴 이곳 사람인 노인으로서 지구니 프로젝트니 하는 것은 정신 나간 소리로밖에 들리지 않겠지.'

이쪽으로 다가오는 발걸음 소리가 들렸다. 노인은 아니다. 분명 그 여자다. 나는 가만히 앉아 있었다. 여자는 화가 난 듯 나에게 성큼성큼 다가왔다.

프린과는 조금 색이 다른 금발에 푸른 눈이었다. 앙다문 입술이 제법 고집스럽게 느껴지는 미인이었다.

"당신, 언제까지 그러고 있을 건가요?"

나는 아무런 말도 하지 않았다. 날카로운 목소리가 머릿속을 띵하게 만들었다.

"흥, 보나마나 프린을 구한 걸 후회하고 있겠죠. 그런 몬스터를 잡을 정도의 실력자니까 어련하시겠어."

그녀는 음식이 올려 있는 쟁반을 바라보았다.

"저것, 누가 만든 건지 알아요? 프린이 만들었어요. 당신이 그렇게 된 것이 자신 탓이라고 생각해서 매일매일 울며 자책한다구요!"

그렇게 맛있을 것 같지는 않아 보였다.

'설마 전갈보다 더할까.'

"그러니까……!"

"시끄럽군."

나는 창틀에 손을 얹어 강하게 힘을 주었다. 붕대로 인해 굽혀지지 않는 다리를 겨우 지탱해 일어났다. 멍한 표정이 제법 귀여웠다. 프린의 언니라고는 하나 내 눈에는 아직 어려 보였다. 스무 살이 갓 되어 보이는 정도니 말이다.

"지금… 뭐라고……?"

"원래 그렇게 주절주절 시끄럽나? 쉬고 있는데 방해된다."

"다, 다, 당신……!"

그녀는 나에게 손가락질하며 황당하다는 듯 노려보았다. 얼굴에 감았던 검은 붕대가 흘러내려 시야는 살짝 가려졌지만 그녀의 표정은 가뿐하게 눈에 들어왔다.

나는 쟁반 위에 있는 빵을 수프에 찍어 한입 베어 물었다.

고소한 빵이다.

"맛없군. 전갈이 더 낫겠어. 그만 나가주지 않겠나? 시끄러운 여자는 취향이 아니란 말이야."

"이, 이익! 재, 재수없어!"

쾅!

문을 쾅 닫고 나가 버렸다. 살짝 웃음이 새어 나왔다.

빵을 한입에 넣었다. 뭔가 지는 느낌이 들어 굉장히 맛있다고는 말할 수 없었다.

가슴이 답답했다. 무언가 가슴속에서 묵직한 기운이 느껴졌다. 이 느낌은 익히 알고 있다. 경험치가 많이 쌓여 있는 것이겠지.

Status

이름:─등록되지 않음─

레벨:27[13.20%]

칭호:대단한 헌터.

근력:70   민첩:56

체력:57   내구:52

지능:31   매력:16

Point:0

[10보다 낮은 능력치는 표기되지 않습니다.]

축적된 스탯을 근력과 민첩에 주로 투자했다. 내구나 체력
은 강행군 속에서 꾸준히 올라 그다지 투자할 필요성을 느끼
지 못했기 때문이다. 다른 능력치도 오르긴 했지만 역시 체력
과 내구에 비할 바가 못 되었다.

Skill

[D+]고속 재생—30.32%(어둠의 각인으로 인한 등급 상승)

사지가 잘려 나가도 회복이 가능하다. 의식이 깨어 있을 때보다 빠
르게 재생할 수 있다. 인간이라고는 도저히 보기 힘든 재생 속도를 낸
다.

고속 재생이 한 단계 상승된 것을 볼 수 있었다. 죽을 만큼
깨졌으니 상승은 당연한 것이겠지. 알고 있지만 왠지 씁쓸해
졌다. 정보창도 이제는 무척이나 익숙해져 버렸다.
　'받아들여야겠지.'
　내가 처한 상황과 앞으로 해야 할 일 그 모두를.

"이보게, 자네!"
　노인의 만류에도 불구하고 나는 서서히 붕대를 풀었다. 노

인은 불구가 된 내가 현실을 받아들이지 못해서 이러는 줄 알고 나를 말리려고 했다. 하나 내가 불구가 될 리가 없다. 팔이 잘려 나가고 다리가 뭉개져도 나는 정상적으로 회복될 테니까.

천천히 붕대를 풀었다. 풀수록 피가 굳어 있는 붕대가 바닥에 떨어졌다. 붕대 사이로 드러난 팔은 역시 정상이었다.

"이, 이럴 수가……!"

희미한 상처의 흔적만 남았다. 이마저도 곧 사라질 것이다. 노인은 멀쩡한 내 팔을 보고 놀람을 넘어 경악에까지 이르렀다.

"자네 마도사인가? 이 정도라면… 중위 속성 마법사? 허허, 그래서 그렇게 된 것이로군."

노인은 혼자 납득하며 고개를 끄덕였다. 나는 굳이 말할 필요성을 느끼지 못했다.

'설명한다 해도 믿지 않겠지.'

내가 입을 다물고 있자 노인은 아무 말 없이 나를 응시했다. 노인도 더 이상 묻지 않았다.

노인은 나에게 살짝 고개를 숙였다.

"아, 인사가 늦었군. 프린을 구해줘서 고맙네. 정말 고마워."

나는 웃었다. 가슴속으로부터 뿜어져 나오는 따듯한 감정 때문에 웃어버리고 말았다. 노인은 화제를 돌리려는지 인자하게 웃으며 내 옆에 있는 의자에 앉았다.

"그런데 휘몰아치는 거대 거미는 어떻게 죽인 건가? 어떤 마법으로……."

나는 답할 수 없었다. 내 순수 실력으로 죽인 것이 아니다. 그저 운이 좋았을 뿐이다.

'거미가 그렇게 죽어버려 정말 다행이군.'

레벨이 그렇게 많이 오른 이유는 역시 거미가 죽어서였다. 지긋지긋한 놈이었지만 내 목숨도 구해주고 레벨도 팍팍 올려줬으니 조금은 좋게 생각해 주도록 하자. 다음이 있다면 실력으로 도전하고 싶다.

"아, 이런. 내 이름은 제란이네. 그냥 제란 영감이라 불러주게. 허허허. 사람들은 날 멋쟁이 제란, 하얀 신사 제란으로 부르기는 하는데……."

"재미있는 별명이군요."

"허허, 그런가? 자네에 대해서는 더 이상 묻지 않도록 하지."

나는 작게 고개를 끄덕였다.

"냄새가 심하군. 오른쪽 끝에 욕실이 있네. 물을 데워줄 테니 씻고 나오게."

그렇게 말하고 영감은 밖으로 나갔다.

나는 두 다리의 붕대를 다 풀어내고 일어서 보았다. 다리는 상처투성이였지만 뼈와 근육은 이미 재생되어 움직이는 데 큰 지장은 주지 않았다.

'다리가 완전 망가졌던 것일까?'

몸을 움직여 보았다. 괜찮다. 아프기는 하지만 그럭저럭 움직일 수는 있다. 천천히 걸으며 방 안을 둘러보았다.

벽난로도 있고 나무로 만든 테이블도 있다. 포근한 분위기가 흘렀다. 나무로 지은 것 같았지만 제법 현대적인 물품도 있었다. 일단 제란 영감의 말대로 몸을 씻기로 했다. 사막에 떨어지고 몸에 물을 댄 적이 한 번도 없으니까 냄새가 나고 더러운 것은 당연했다.

"여긴가?"

문밖으로 나와 욕실을 찾아 들어갔다. 좁은 욕실이었는데, 물을 받을 수 있는 나무 욕탕과 수도꼭지로 보이는 것이 전부였다.

정면에는 거울이 있었다.

"……."

거울 속에는 흉터투성이 상체를 훤하게 드러낸 채 얼굴에 흉측한 붕대를 감고 있는 사람이 보였다. 눈만 빼놓고 모두 감아버려 무척이나 음침했다.

'이건 생각했던 것보다 심하군. 과연 아이템 설명이 이해가 돼.'

천천히 붕대를 풀었다. 너덜너덜해진 붕대는 살짝 힘을 주는 것만으로도 쉽게 찢어졌다. 거울을 보자 생전 처음 보는 녀석이 나를 바라보고 있었다. 아무렇게나 자란 검은 머리, 덥수룩한 수염.

나는 내 얼굴이 아님을 알아차렸다. 하지만 놀랄 것도 없

다. 이 정도에 놀랐다면 나는 이미 심장마비로 사망했을 터이
다.

　‘수도꼭지?’

　수도꼭지를 돌리자 물이 뿜어져 나왔다. 이렇게 간단히 물
을 얻을 수 있다니. 잠시 감동해 멍하니 물을 바라보았다.

　손을 넣어보았다. 차가운 물의 느낌이 손 전체에 전해졌다.
세면대에 자그마한 면도칼이 있는 것을 확인했다.

　‘누군가 사용했던 것인가? 상관없겠지.’

　아무렇게나 엉켜 있는 머리를 면도칼로 잘랐다. 어깨까지
올 만큼 긴 머리를 대충 짧게 정리한 다음, 덥수룩한 수염을 깔
끔하게 밀었다.

　“누구냐, 넌?”

　예전의 내 모습이라 하기엔 너무나 잘생겼다. 큰 키와 완벽
한 육체, 그리고 굉장한 미남인 얼굴. 헛웃음이 나올 정도로 다
른 모습이었다. 이 세계에 떨어진 마당에 더 놀랄 것도 없지만
이렇게 변해 버릴 줄이야. 그나마 똑같은 것이 있다면 검은 눈
동자와 검은 머리뿐이었다.

　욕탕에 물을 받았다. 어떤 원리로 작동되는지는 모르지만
데워진 물이 수도꼭지에서 뿜어져 나왔다.

　‘물이 풍족한 것일까? 사막이 아닌 건가?’

　물이 풍족하다는 것은 어쩐지 어색하게 느껴졌다.

　그간 묵은 때를 벗겨내고 비누로 보이는 것을 온몸에 문질
렀다. 굉장히 개운하다. 간만에 진짜로 살아 있는 듯한 느낌을

받았다. 얼마 만에 해보는 목욕인가. 물속에 몸을 넣고 있다는 것이 실감이 나지 않았다.

목욕 후 타월로 대충 씻어내고 욕탕을 나왔다.

옷걸이에 옷이 걸려 있었다. 아마 제란 영감이 준 것이겠지.

Item

[一]평복 상하의

좋은 천으로 만든 평복. 활동하기 편리하게 제작되었다.

의복 개념이 생각보다 발달한 건지 속옷까지 있었다. 옷을 걸치고 거울에 비친 내 모습을 바라보았다.

'잘났군. 정말 잘났어.'

이게 나라는 것이 영 믿어지지가 않았다. 평복을 입었음에도 귀티가 나는 외모는 역시 거부감이 들었다.

이상한 곳에 떨어지고, 내 얼굴이 완전히 바뀌어 버렸다.

'거부감이 느껴지는 것은 당연한 것이겠지.'

나는 고개를 설레설레 젓고 문을 열어 밖으로 나갔다.

끼익—

문 앞에 서 있는 익숙한 소녀 하나가 눈에 들어왔다.

"어?"

“용케도 살아 있었군.”

“서, 설마 아저씨?”

팔에 하얀 붕대를 하고 있는 프린은 놀라다 못해 경악으로 물든 얼굴로 나를 바라보았다.

“정말 인간이었네요?”

딱!

이마에 알밤을 날렸다. 꼬마는 눈물을 찔끔하고도 배시시 웃으며 내 얼굴을 바라보았다. 예전처럼 꼬질꼬질하지 않으니 제법 귀여운 어린 소녀로 보였다.

“근데 괜찮아요? 엄청 다치셔서 걱정했어요. 매일매일 건강하게 해달라고 기도했어요.”

“너야말로 다친 것 같은데?”

“이 정도는 아무것도 아니죠. 아저씨에 비하면.”

우울한 기색으로 그렇게 말하였다. 나는 피식 웃고는 프린의 머리를 헝클었다.

“정말 괜찮으셔서 다행이에요. 저 때문에 아저씨가 다쳤잖아요. 저는…….”

“다친 것 같으냐?”

“다, 다 나았네요?”

나는 매끄러운 팔을 보이며 그렇게 말했다.

“고마워요, 아저씨.”

프린은 한참을 망설이다가 어색하게 웃으며 뒤로 감춰놓았던 것을 내밀었다.

"할아버지가 그러는데 마음이 아플 땐 꽃향기가 좋대요."

꽃이었다. 나는 얼떨결에 그것을 받아 들었다.

"이, 이제부터 오빠라 부를게요!"

그러며 후다닥 달려나가는 프린이었다. 나는 손에 들린 꽃을 바라보았다.

"흰 꽃이잖아."

이거 놀리는 건가? 이상한 기분이다.

이곳은 마을이었다. 사람들이 살고 있는 마을. 나무도 가득하고, 길에는 잡초가 무성했다. 나는 앞마당에 가꾸어져 있는 꽃을 보고 잠시 멍해져 버렸다.

색을 지닌 꽃이 이렇게 아름다운지 몰랐다. 다양한 색을 지닌 꽃은 정말로 아름다웠다.

잠시 풍경에 그렇게 취해 있었다.

얼마 전까지 내가 사막에 있었다는 것이 믿겨지지가 않을 정도로 이곳은 푸르렀다. 꽤나 큰 마을이다. 반듯하게 지은 나무 집이 즐비했고, 벽돌 같은 것으로 길을 만드는 작업이 한창이었다. 사람이 왁자지껄하게 떠드는 모습에 나는 잠시 그 자리에 서서 그 광경을 바라보았다.

영감의 집 마당 한쪽에 커다랗게 자란 나무가 보였다. 손으로 쓰다듬어 보았다. 거친 나무껍질의 감촉이 느껴졌다. 바닥에 떨어져 있는 열매가 보였다.

Item

[―]파치

단맛이 강한 열매. 빨갛게 익을수록 신맛이 강해진다.

파치를 주워 들고 옷에 슥슥 문질러 대충 닦은 다음 한 입 베어 물었다.

달다. 무척이나 달다.

즙이 많아 먹는 것만으로도 갈증이 해소되는 느낌이다. 먹는 것이 사람을 이렇게 행복하게 만들 줄이야. 몇 개 더 주워 들고 주머니에 쑤셔 넣었다. 즙 때문에 손이 붉게 물들었지만 아무렴 어떠랴.

"여기 있었군."

제란 영감의 목소리다.

뒤에서 제란 영감이 다가오는 것이 느껴졌다. 나는 등을 돌려 제란 영감을 바라보았다. 제란 영감은 내 얼굴을 보더니 상당히 놀랍다는 표정을 지었다.

"허, 허허. 자네 참 잘생겼군. 흉터가 있어 얼굴을 가린 건 줄 알았더니……"

제란 영감 옆에는 프린의 언니가 서 있었다. 못마땅한 시선으로 나를 바라보고 있었지만 나는 그다지 신경 쓰지 않았다. 저런 시선도 그리 불편하게 느껴지지 않았다.

"그 얼굴만큼 성격도 좋았으면 좋겠네요. 홍, 마도사는 원래 다 그런가?"

"사라! 허허, 미안하네."

나는 고개를 가로저었다. 그녀는 성숙한 몸매이기는 하나 아직 얼굴에 앳된 티가 났다. 나에게는 그저 어린아이 투정처럼 느껴진다는 것이다.

"자네, 잠시 나와 함께 가지 않겠나?"

나는 고개를 끄덕이는 것으로 답을 대신했다. 나는 제란 영감 옆에서 나란히 걷기 시작했다. 멀찍이 떨어져서 사라가 뒤따라왔다.

비포장도로이기는 했지만 바닥은 그럭저럭 딱딱하고 반듯했다. 도로 포장 공사를 하고 있으니 얼마 뒤면 포장된 도로를 볼 수 있을 것 같았다.

"이제야 조금은 사람 사는 곳 같아졌어."

"그렇습니까?"

"그래, 3년 전까지만 해도 절망만 가득한 곳이었지."

내가 궁금해하는 기색을 보이자 영감은 꽤나 자세하게 이야기를 해주었다. 이 마을은 제국의 백작령에 속한 마을이라고 한다. 백작령이긴 하지만 모종의 이유로 마을에 대한 권한을 모두 넘겨 지금은 사막 용병연합회 대장과 제란 영감이 이 마을을 전담하고 있었다. 치안이나 전투적인 부분은 용병대장이 전담하고 있었고, 생활이나 상업 부문은 제란 영감이 일을 맡아 진행한다고 한다.

무언가 사연이 있는 것 같았지만 그것까지는 이야기해 주지 않았다.

아직까지 제국이니 왕국이니 하는 개념은 나에겐 어색하기만 했다. 나중에 개념을 확실히 할 필요가 있었다. 오랫동안 있어야 하는 곳, 어쩌면 평생 벗어나지 못하는 곳일 수도 있으니까.

"마을 전체가 상단을 겸한 용병 지부라 보면 되네."

마을 전체가 하나의 목표를 가지고 움직였다.

사막을 오가는 상인들을 호위해 주거나 직접 상단을 꾸려 무역을 하여 먹고사는 그런 마을인 것 같았다.

좁은 길목을 지나자 마을 중앙으로 가는 큰길이 나왔다. 마을 중앙에 꽤나 많은 사람들이 모여 있었다.

'용병들이란 건가?

거친 인상의 사내들이 가득했다. 간간이 갈색 피부의 여자들도 보였지만 대부분이 남자였다. 대개 날이 선 거대한 무기들을 지니고 있었다.

Status

이름:카터 백

레벨:ㅁ[ㄹㅁ.ㄹㅁ%]

칭호:거친 용병. 자칼용병단 단원.

성향:중립

호감도:ㅁ

근력:ㄹ8   민첩:ㄱㄹ

내구:ㄹ5   인내:ㄱㅓ

[1ㅁ보다 낮은 능력치는 표기되지 않습니다.]

Skill

[F+]사막 적응

오랜 사막 생활로 사막에 어느 정도 적응했다. 사막 기후에 영향을 덜 받는다.

Skill

[F]실전 도끼

무식한 무게를 바탕으로 익힌 도끼술. 한 방이 매섭기는 하나 효율적이지 못하다.

'용병의 실력은 이 정도인가?'

다른 용병들도 별반 다르지 않았다. 대개 레벨이 10을 넘지 않고 간부급으로 보이는 용병들이 간혹 12를 넘었다. 능력치 또한 고르게 발달되어 있지 않고 한쪽으로 극단적이게 편향되어 있었다.

근육을 보고, 무기를 보고, 어떠한 공격이 이루어질지 머릿속에 그려보았다.

"거칠어 보이는군요."

"허허, 그게 바로 용병이네. 거친 남자들이지. 하지만 의리는 있네."

이들이 거칠고 강인하게 느껴지는 것은 어찌 보면 당연한 것이었다. 사막은 만만한 곳이 아니니까. 위험 요소가 없더라도 사막에 있는 것만으로 목숨을 걸어야 한다.

'이런 곳에서 무기로 목숨을 거는 사람들은 거칠 수밖에 없지.'

나는 작게 고개를 끄덕였다.

마을 중앙 근처에 제법 커다란 건물이 보였다. 보통 나무로 지어진 다른 건물과는 다르게 벽돌로 쌓아 올린 집이었다.

사막 용병연합 집회소.

건물 앞에는 특히나 인파가 많았다. 인파 사이로 거미 사체의 일부가 보였다. 늘 피해 다녔던 거미가 저렇게 사체로 있으니 뭔가 묘한 느낌이 들었다.

"이런 건 난생처음 봐."

"이게… 그 중앙 사막에 산다는 휘몰아치는 거대 거미지? 나도 실제로 보는 건 처음이야."

"팔면 엄청난 돈이 될 것 같은데, 왜 멀뚱멀뚱 쳐다보는 거지?"

구경하던 사내가 묻자 옆에 있던 사내가 입을 떼었다.

"주인이 있나 보더군. 사막 대장이 건들지 말라고 하니까 따라야지."

"허참, 그렇다면 할 수 없지."

사막 용병연합회 대장을 사막 대장이라 부르는 모양이다. 나는 천천히 거미의 사체 쪽으로 다가갔다.

"이, 이봐, 머리가 검은색이야."

"신기하군."

"소문으로는 마도사라는데?"

"에엑? 설마?"

내가 다가가자 사람들은 웅성거리며 나를 쳐다보았다.

'검은 머리라는 것이 그렇게 이상한 건가?

나는 일단 생각하는 것을 멈추고 주위를 둘러보았다. 나를 중심으로 일정한 거리를 두고 인파가 갈리기 시작했다.

거미의 시체 중에서 쓸모있는 부분만 떼어온 것 같다. 가장 단단한 표피 부분과 날카로운 다리 부분이 전부였다. 고기는 내가 생각해도 쓸모가 없으니 여기 있는 것들이 가장 값어치가 나가겠군.

날카로운 다리에 손을 얹어보았다. 차갑다.

무언가 알 수 없는 침묵이 흘렀다.

"자네가 이놈의 주인이군."

꽤나 강한 존재감이다. 나는 천천히 등을 돌렸다. 중년의 건장한 사내가 서 있었다.

"이렇게 멀쩡하다니 보고 있어도 못 믿겠어. 처음에 봤을 때는 가망이 없었는데 말이야. 대단한 마도술이군."

사내는 나를 보며 그렇게 말했다.

"대장님, 안녕하십니까!"

"오, 사라. 자네도 왔는가? 이런, 제란님도 오셨군요."

뒤에 멀찍이 서 있던 사라가 어느새 다가와 허리를 크게 숙이며 큰 목소리로 인사했다. 저 사내가 등장하고부터 주위의 모든 것이 저 사내에게 압도당하는 느낌이 들었다.

'저 여자가 저렇게 공손하게 인사하다니⋯⋯.'

꽤나 흥미로운 광경이었다.

"허허, 바빠서 얼굴 볼 시간도 없더니 요즘엔 자주 나타나는구먼."

제란 영감은 사막 대장을 무심한 눈으로 바라보았다.

'사이가 나쁜 건가?'

"이런 좋은 물건을 보고 그냥 넘어갈 수 없어서 말입니다."

사막 대장은 살짝 웨이브가 들어간 긴 갈색 장발을 넘기며 그렇게 말했다. 부드러운 인상이다. 하지만 기세는 부드럽지 않았다.

사막 대장이 내 눈에 들어오고 난 후, 난 그 어떤 것에도 집중할 수 없었다. 사막 대장은 내 시선을 느낀 것인지 부드러운 웃음을 지으며 나를 바라보았다.

"역시 대단한 친구로군. 상당히 거칠어."

사막 대장의 몸짓은 너무나도 여유로웠다. 그것이 거슬리게 느껴지는 것은 무엇 때문이지?

"일단 따로 이야기 좀 하지. 어떤가?"

"대, 대장님, 저도……."

"미안하지만 사라, 자네는 여기 있어주게."

사라는 주춤거리다가 고개를 끄덕였다.

"괜찮겠나?"

사막 대장이 나를 바라보자 나는 살짝 고개를 끄덕였다. 그는 나를 기다리고 있던 것 같았다. 대장이 먼저 앞장서서 사막 용병연합 집회소 안으로 들어갔다. 나는 그를 따라 천천히 발걸음을 옮겼다.

집회소 안에는 그렇게 사람이 많지는 않았다. 용병들 사이에서도 레벨이 꽤나 높은 자들이 대거 테이블을 차지하고 있었는데 무언가 이야기가 오가고 있었다. 신경을 끄고 사막 대장의 집무실로 보이는 곳으로 들어갔다.

"앉게."

푹신해 보이는 가죽 소파에 앉았다.

"마도사에게 이름을 묻는 것은 실례겠지? 음, 그럼 단도직입적으로 말하지. 그 거미의 사체, 팔지 않겠나?"

"판다고?"

사막 대장은 거미를 나의 소유로 너무나도 자연스럽게 인정하고 있었다.

"따로 다른 상단에 팔 수 있을 것 같지는 않고. 어떤가, 우리에게 파는 것이?"

"나에게 허락을 구하는 이유가 궁금하군. 그냥 가져가도 되지 않나?"

"그건 안 될 말이네. 우리 나름대로의 규칙이 있네. 몬스터는 잡은 자의 소유라는 것도 그 규칙 중 하나지."

'진심인가?'

거짓말 같지는 않아 보였다.

"하하, 용병의 자존심과도 직결되는 문제이니 믿어도 되네. 용병이라고 너무 깔보지 말게나."

내 것으로 해준다는데 믿어줘야겠지.

나는 이곳의 화폐 단위를 전혀 알지 못했다. 그리고 이 거미가 얼마만큼의 값어치를 지닌 건지도 몰랐다.

"구입하려는 이유는?"

"얼마 전까지만 해도 이곳은 비명만 가득한 마을이었지. 이제야 조금은 사람 사는 곳 같아졌네. 하지만 아직 멀었어. 빌어먹을 코볼트 놈들은 매번 지랄같이 밀려오고 병력과 무기는 늘 부족해."

나는 아무 말 없이 사막 대장을 바라보았다.

"생각보다 의심이 많은 친구로군."

"당신이라면 그 거미를 잡을 수 있나?"

내가 그렇게 묻자 사막 대장은 생각하는 듯하더니 고개를 저었다.

"무리네. 내가 그 정도 실력이었다면 코볼트들에게 쩔쩔매지는 않았겠지. 자네는 어떤가?"

"확실히 운이 좋았다."

나와 꼬마의 목숨을 거미의 목숨과 바꾼 셈이니까 말이다. 사막 대장과 나는 한동안 서로를 응시했다.

"아무래도 오늘 안으로 대답을 듣기 힘들겠군."

사막 대장은 그렇게 말하며 웃음을 흘렸다.

대장과 나는 서로 아무 말도 하지 않고 묵묵히 넓은 공터로 향했다. 연무장으로 보이는 곳에는 제법 많은 용병들이 훈련을 하거나 몸을 풀고 있었는데, 사막 대장이 오자 하던 것을 중단하고 자리를 내주었다.

"마도사, 그 정도 회복술이라면 중위 속성 마도사일 것 같은데 말이야. 혹시 스태프나 촉매가 필요하나?"

어둠 마력에 관련된 스킬을 가지고 있긴 하지만 본격적으로 익히진 않았다.

"주, 중위 속성이라고?"

"설마!"

"사막 대장이 그렇게 말하잖아!"

"지, 진짠가?"

주위가 시끄러웠다. 나는 고개를 저었다. 내가 마도사가 아닌 것을 설명하려면 골치 아프니 그냥 알아서 생각하게 놔두도록 하자.

"검……."

가장 손에 익은 것은 역시 검이었다. 나지막하게 그렇게 말하자 사막 대장은 의외라는 듯 나를 바라보았다. 그러다가 웃어넘기고는 손을 휘저었다. 그러자 옆에 있던 용병 하나가 철검 두 자루를 가져다주었다.

Item

[F] 철검

적당히 날이 서 있는 철검. 내구성이 뛰어나다.

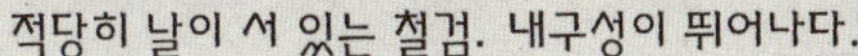

사막 대장이 가볍게 철검을 던졌다. 나는 손잡이를 잡아채어 잡았다. 적당한 무게, 적당한 크기가 마음에 들었다. 오랜만에 검을 잡자 짜릿한 느낌과 함께 전신에 힘이 들어갔다. 사막 대장의 정보를 보려다가 그만두었다. 반칙을 하는 것 같은 느낌이 들어서였다.

나는 기다리지 않고 빠르게 달려들어 검을 찔러 넣었다.

팅—

사막 대장은 가볍게 검을 드는 것만으로 내 공격을 빗겨가게 했다.

"좋군!"

사막 대장은 그 자리에 서서 가볍게 검을 휘둘렀다. 가슴을 노리며 베어오는 공격을 검을 들어 막았다.

지잉—

가볍게 휘두르는 것으로 보였음에도 무척이나 강한 힘이 담겨 있었다. 검이 울부짖을 정도로. 힘을 주어 검을 튕겨냈다.

"흡!"

빠르게, 그리고 강한 힘으로 베었다.

탕!

"음!"

방어에 성공한 사막 대장의 몸이 살짝 떠 옆으로 밀려났다. 동시에 거리가 벌어졌다. 그는 손목을 풀며 진한 미소를 그렸다.

"제대로 가겠네."

분위기가 달라졌다. 주위의 공기가 소름 끼치도록 차갑게 느껴졌다. 몬스터와도 같은 흉포한 기세를 접하자 몸이 서서히 풀리기 시작했다. 사막 대장은 어떤 준비 자세를 취하기 시작했다. 그저 자세를 낮추고 검을 든 나와는 달리 격식이 있어 보이는 모습이었다.

사막 대장의 신형이 시야에서 사라졌다. 움직임을 순간 놓쳐 버렸다.

휘익!

잔상을 그리며 정면에 나타나 빠르게 검을 찔러왔다. 나는 간신히 허리를 비틀어 공격을 피해냈다. 순간 검이 기이하게 변한다. 변한 것처럼 느껴졌다.

'검이 늘어난다고?

찌이익!

옷이 길게 찢어졌다. 따끔한 걸 보니 피부가 베인 것 같았다. 분명 단순한 찌르기였다. 검이 길어지는 느낌을 받아 피하지 않았다면 분명 이 정도로 끝나지 않았을 것이다.

검을 들어 휘둘러 오는 검을 막았다. 노리는 곳은 단순한데 왜인지 막기가 힘들었다.

여러 번 검을 튕겨내고 나는 크게 뒤로 물러났다. 피하거나 막기가 버겁다. 왜일까? 나에게 없는 무언가가 있다. 주위에서 감탄이 터져 나왔다.

살짝 철검을 내려다보았다. 이가 빠져 있다. 사막 대장의 검은 이상하리만큼 멀쩡했다. 나는 심호흡을 하고 검을 정면으로 치켜들었다.

내가 먼저 달려들었다. 전신의 힘을 끌어 모아 폭발적으로 달려들었다. 그리고 깔끔하게 내려쳤다. 필살의 일격이라 부

를 수 있는 공격이 어느 정도 통하리라 생각했다. 하지만,

　팅!

　내 일격을 가볍게 흘리는 것까지도 모자라, 그의 검이 마치 뱀처럼 내 검을 타며 찔러들어 왔다. 당황스러울 정도로 매끄러운 연격! 나는 힘을 주어 그것을 쳐내고는 호흡을 가다듬었다.

　사막 대장은 내 호흡을 끊었다. 다급하게 검을 들었다. 박자가 꼬이는 느낌에 몸과 호흡의 리듬이 엉망이 되어버렸다. 찌르기를 막고 베기를 흘리며 퍼붓는 반격은 너무나도 매서웠다. 옷이 찢어지고 상처가 늘었다.

　마치 견고한 성벽을 보는 것 같았다.

　'이것이 검술인가?

　나는 이를 악물고 검을 치켜들었다. 힘으로 눌러 버리면 된다.

　'반격조차 못하게 눌러 버린다면……'

　힘을 주어 강하게 찍었다.

　캉!

　순간 정적이 일었다.

　내 검은 반 토막 나며 허공에 날리었다. 그것이 바닥에 떨어지자 나는 비로소 모든 상황을 이해할 수 있었다. 빠르게, 그것도 나보다 강한 일격으로 내 검을 부수었다. 아니, 생각해 보면 내 검보다 조금 빠르고 조금 더 강한 힘이 담겨 있었을 뿐이다. 하지만 결과는 하늘과 땅 차이였다.

　'왜지?

사막 대장의 검에서 일렁거리는 무언가가 보였다.

"대단하군. 정말 대단한 힘이야."

사막 대장은 자신의 철검을 보며 감탄했다. 사막 대장의 검에는 무수한 균열이 가 있었다. 그는 피식 웃고는 입을 뗴었다.

"검을 잡은 마도사에게 밑천을 내보일 줄이야. 하하! 나도 늙었군."

여유로운 표정으로 검을 내리는 그가 나는 너무나도 마음에 들지 않았다.

"검을 좋아한다니… 쓸 만한 철검 하나를 주도록 하지. 부디 좋은 대답 들려주게."

나는 인상을 구기며 등을 돌렸다.

제란 영감의 집으로 돌아온 나는 한동안 상념에 빠져 있었다. 검에서 밀리는 것은 어느 정도 이해가 되었다. 분명 제대로 된 검술일 테니까. 검을 잡은 지 일 년도 되지 않은 내가 밀리는 것은 당연했다. 하지만 그 검술 속에 나를 넘어선 무언가가 존재한다는 것이 생각에 빠지게 했다.

"마력인가? 검술을 펼치며 마력을 운용한 것인가?"

마나의 존재는 알고 있었다. 어렴풋이 느끼기도 했고 실제로 암흑 마력에 대한 스킬도 지니고 있었다.

"마도사이면서 검도 써요?"

무슨 소리가 들린 것 같다.

"흥, 그래도 겨우 그 정도 실력으로 대장님께 이길 리가 없죠. 대장님과 그렇게 오래 싸운 걸 자랑스럽게 여겨도 좋을 텐데……."

시끄러운 소리가 귓가에 울리는 것 같다.

"이봐요, 듣고 있어요?"

사라가 의자에 앉아 생각에 빠져 있는 나를 불렀다. 나는 고개를 들어 그녀를 바라보았다.

"어떻게 할 거예요?"

"무엇을?"

"그 거미 말이에요."

더 이상 생각을 이어갈 수 없었다. 답을 내주지 않으면 끝까지 방해라도 하겠다는 느낌이 충분히 나에게 전해졌기 때문이다.

"딱히 정해놓지 않았으면 파는 게 어때요? 무, 물론 조금 손해는 볼 수도 있겠지만……. 그러니까… 간편하고 좋잖아요. 손해 보는 부분은 제가 어떻게든 해드릴게요."

어차피 이 마을에 당분간 머물 생각이다. 팔아버리는 것이 좋을 것 같았다. 적어도 사막 대장을 쓰러뜨릴 때까지는 차근차근 정보를 모으며 머물 생각이었다.

더 이상 당하는 것은 사절이다.

"그렇게 하도록 하지."

"저, 정말요? 딴말하기 없기에요?"

"단, 손해 보는 부분은 확실히 받아내겠어."

그녀는 시원하게 웃고는 내 앞에 성큼성큼 다가와 손을 내
밀었다.

"저는 사라예요. 그쪽은 이름이 뭔가요? 아! 마도사에게는
실례겠군요."

"이름? 이름이라……."

곰곰이 생각해 보았다. 내 과거의 이름. 마치 머릿속에 구멍
이라도 난 것처럼 잘 기억이 나지 않았다. 나는 이름조차 기억
못하고 있다. 멸망으로 다가갔던 고통들은 기억하고 있으면서
말이다.

이름이 생각나지 않는 기분은 말로 표현하기 어려웠다. 정
말로 내가 아니게 되어버리는 기분이다.

"데이오스."

길잡이 별 이름이 생각났다. 갑작스럽게 떠오른 이름.

'데이오스가 떠 있는 곳으로 향하면 나도 길을 찾을 수 있을
까?'

내가 그렇게 말하자 사라는 씨익 웃으며 내 손을 붙잡고 흔
들었다.

"좋은 이름이군요. 데이오스, 거래는 성립된 거예요? 근데
무엇을 도와달라는 거죠?"

나는 입꼬리를 올렸다.

Chapter 07
머물다

"으랏차!!"

"아니, 저 나무가 좋겠군."

어째서 이렇게 된 것일까? 사라는 힘차게 도끼질을 하며 그렇게 생각했다.

"언니, 저 나무래요!"

"이얍! 으라차차!"

사라는 그동안 갈고닦은 검술을 나무를 패는 데 쓰고 있었다. 덕분에 그녀의 도끼질은 그럭저럭 쓸 만했다.

그녀 옆에 팔짱을 낀 채 여유롭게 주위를 구경하는 사내가 보였다. 검은 머리가 환상적으로 어울리는 사내.

바로 데이오스였다. 잘생긴 그의 얼굴이 사라의 눈에는 악마로 보였다.

'악마가 분명해!'

사라는 그렇게 외치면서도 입 밖으로 내지 않았다. 불평한다면 어떤 결과가 초래될지 잘 알고 있었기 때문에.

"이곳은… 잡초를 뽑아 공터로 만들면 좋겠군."

"서, 설마 이걸 다 뽑으란 말은 아니겠죠?"

"아니다."

사라는 안도의 한숨을 내쉬었다.

"잡초를 다 뽑고, 음, 벤 나무를 저쪽으로 옮기는 것이 좋겠어."

"네?"

"뭐하나?"

데이오스는 무심한 눈으로 사라를 바라보았다.

"지금 시작해야 해가 지기 전에는 끝낼 것 같은데?"

사라는 프린을 바라보았다. 프린은 살짝 몸을 떨다가 아직 붕대를 감고 있는 손을 들어 보였다.

"미안해요, 언니."

"으······."

가슴속 깊은 곳에서부터 치솟는 분노의 불길 때문에 몸이 부들부들 떨려왔다. 하지만 해가 질 때까지 사라는 노동을 그만둘 수 없었다.

*　　　*　　　*

사라를 작업에 투입시킨 지 일주일 만에 거미를 판 돈을 받았다. 600골드가 생긴 것이다. 100골드는 금화로 받았고 나머지는 쥬신 제국에서 발행하는 수표로 받았다.

화폐 단위는 골드, 실버, 코퍼로 나누어졌다. 10코퍼가 1실버고 100실버가 1골드가 되는 형식이었다. 이것은 동부 대륙에서 모두 공통으로 통용되는 화폐 단위였다. 쥬신 제국의 금화를 최고로 치고, 나라마다 환율의 차이가 존재한다고는 하는데 아직 정확히는 잘 파악되지 않았다.

5코퍼는 큰 빵 하나 정도, 평민 가족 한 달 생활비가 1골드 정도였으니 분명 굉장히 큰돈이었다.

"음……."

하지만 상단을 이끌고 제국이나 왕국 상인들에게 판다면 적어도 천 골드 이상을 벌 수 있다고 하니 꽤나 큰 손해가 아닐 수 없다.

얼마만큼 큰돈이 되는지 사라는 잘 모르는 듯했다. 그냥 생각없는 바보에 가까웠다.

'약속을 했으니 지켜야지.'

그 손해는 좋은 일꾼을 얻은 것으로 대신하자. 아직 보수가 한참인 성벽이 있었는데, 그 바깥쪽 숲에 오두막 하나와 공터를 만들 예정이었다.

사라는 내 지휘하에 연신 헉헉거리며 나무를 날랐다. 오두막 옆에 쌓아 올린 나무는 어느새 수북해졌다.

“그럭저럭 괜찮은 걸로 모았군.”

“이, 이제 끝인가요?”

“한 1골드 정도 삭감해 주도록 하지.”

“얼마나 남았는데요?”

대충 손해를 400골드 봤다고 치자. 아직 이 돈이 얼마만큼 큰 돈인지 실감이 나지 않아 이렇게 말할 수 있는 건지도 몰랐다.

“399골드.”

“엑? 마, 말도 안 돼요! 너무해요!”

한걸음에 내 앞으로 후다닥 달려오는 사라. 나는 고개를 설레설레 저었다.

“그건 내가 할 말이다. 엄청나게 손해 보는 장사를 했으니 말이야.”

“그, 그래서 손해 보는 부분은…….”

“네가 노동력을 채워주기로 했지. 일하기 싫으면 지금 당장 내놓든가.”

“아, 아뇨! 일한다구요! 일하면 되잖아요!”

솔직히 마을에서 몰수했다고 해도 별 상관하지 않으려고 했다. 가만히 있으면 어떻게든 살아남을 것 같긴 했지만 어쨌든 내 목숨을 구해주었고, 나를 치료해 주었다.

원래라면 버려졌을 것을 가지고 온 것도 용병 일당이다. 아무튼 나로서는 손해가 아닌 장사인 셈이다.

‘쓸 만한 일꾼도 얻고 좋지 않은가?

“이제 뭘 하면 되죠?”

입을 삐쭉 내밀면서 말하는 사라의 모습에 웃음이 새어 나
왔다. 사라는 그런 내 모습을 보더니 시선을 돌렸다.

"본격적으로 오두막을 지어야지."

"엑?"

나는 뼈대만 앙상한 오두막을 보며 그렇게 말했다.

"지을 줄 알아요?"

"이제 배우려고."

제란 영감네 집에 있던 '기초 건축술'이란 책을 빌려왔었
다. 시험해 보고 싶은 마음이 강해서 일단 빼어 들고 오기는
했는데 진짜 이루어질지는 미지수다.

내가 가방에서 '건축의 기초' 책을 꺼내자 사라는 노골적으
로 비웃었다.

"그렇게 배울 수 있다면 천재겠네요. 흥, 마도사는 원래 다
그렇게 잘난 척이 심한가요?"

해볼 테면 해보라는 태도의 사라였다. 나는 천천히 책을 펼
쳤다. 뭔가 알아볼 수 없는 도형과 이론이 가득한 책이었지만.

수욱―

역시 구체 하나가 튀어나왔다. 그것을 잡자 창 하나가 떠올
랐다.

생활 기술이 업데이트되었습니다.

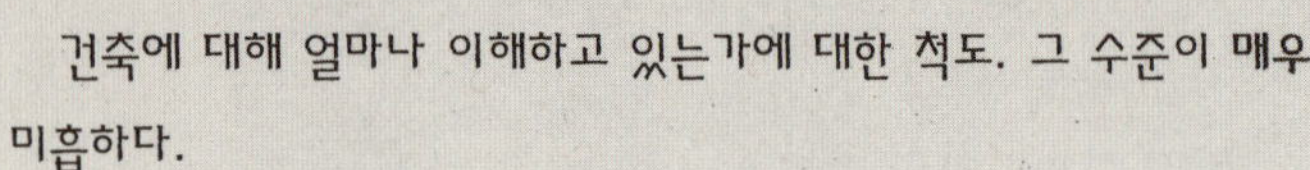

대충 어느 정도는 알 것 같았다. 뼈대를 세우고 재료를 활용
하는 방법 정도.

내가 짓고자 하는 오두막은 바람을 막는 정도면 되니 큰 전
문 지식은 필요하지가 않았다. 기초를 다지는 것만으로도 큰
도움이 될 것 같았다.

'필요한 부분은 살면서 추가하면 되겠지.'

나는 고개를 끄덕이며 입을 떼었다.

"그럼 공사를 시작하도록 하지."

사라의 인상이 심하게 구겨졌다. 때로는 연약한 표정과 몸
짓을 하기도 했지만 사라의 능력을 자세하게 알고 있는 나에
게는 씨알도 먹히지 않았다.

'엄살 피우기는……'

사라는 여자이긴 했지만 보통 사람을 웃도는 힘이 있었다.
사막 대장처럼 마나라는 에너지를 의도적으로 사용하는 것이
아니라 무의식적으로 사용하고 있는 듯했다. 일단 사막 대장

이 직접 검술을 사사하고 있다고 하니 용병 정도의 레벨인 것이 이해가 되었다.

"근데 괜찮겠어요? 성벽 밖은 코볼트 때문에 위험할 텐데."

"바라던 바다."

"후, 자만은 독이 되는 거 몰라요? 그 녀석들, 떼로 밀려오면 정말 대책이 없다구요."

일정한 주기로 밀려드는 코볼트 떼를 막느라 피해가 막심하다고 한다. 지금은 용병들이 많이 모여 그럭저럭 막아내기는 하지만 아직까지도 무척이나 불안정한 상황이었다. 사막 용병 마을은 전시 상태나 다름이 없었던 것이다.

'확실히 이런 상황에서 밖에 오두막을 짓는다는 것은 바보 같은 짓이겠지.'

하지만 사람들의 시선이 미치지 않는 곳에서 수련을 하고 싶었다. 암흑 마법에 대해 전반적인 공부를 하고 싶고, 검술 책을 구해 시험해 보고 싶다.

더 나아가 이 세계에 대해 내가 가지고 있는 의문을 풀고 싶었다.

'게다가 마을 용병들은…….'

아무래도 내가 다른 사람과 다른 이상 시선을 의식할 수밖에 없다. 코볼트가 와준다면 연습 상대로는 최적이었다.

"천재 마도사님이니 어련하시겠어~"

"힘이 남아도는가 보군. 이 근처에 연못 하나를 만들……."

"자! 일하자, 일해!"

그렇게 크게 외치며 나무를 씩씩하게 옮기는 모습에 웃음이
나왔다.

해가 지기 전까지 그럭저럭 나무를 다듬는 작업이 끝이 났
다. 엉성한 대패질이지만 그래도 꽤나 마음에 들었다.

주저앉아 숨을 헐떡이는 사라가 보였다.

"오늘은 이쯤에서 마무리하도록 하지."

"후우! 끝났다!"

사라는 상쾌하다는 표정을 지으며 환하게 웃었다. 너무나도
순수한 모습에 나름 보기 좋았다.

'저런 표정도 지을 줄 아는군.'

나에게는 늘 불만족스러운 표정, 표독스러운 표정만 지어줬
기 때문인지 조금 신선하게 느껴졌다.

"뭘 그렇게 봐요?"

"네놈의 몸."

"벼, 변태!"

결코 큰 가슴이 아닌 가슴을 두 팔로 가리며 말하는 사라를
간단히 비웃어주었다.

"몸 상태를 보니 내일도 충분히 일할 수 있겠군."

"사, 사실 요즘 허리가 아파서……. 어깨에 담도 걸리고 무
릎도 쑤시는 게……"

"그러면서 훈련은 꼬박꼬박 받던데?"

"저는 최고의 검사가 될 거니까요!"

주먹을 불끈 쥐며 사라가 그렇게 외쳤다.

"대륙을 모험하는 그런 검사가 될 거예요! 최강의 여검사, 권력도 명예도 그녀를 구속할 수 없었다! 멋지죠?"

"최강의 여전사는 모르겠지만 최강의 시종이라면 어느 정도 가능하겠어."

"뭐, 뭐라구요? 이 재수탱이가!"

"재수탱이? 생기다 만 코볼트 여자가 남을 욕할 처지인가?"

내가 콧방귀를 뀌며 그렇게 말하자 사라의 얼굴이 누르락붉으락해졌다. 나는 비웃어주며 걸어가자 뒤에서 사라가 바짝 따라붙었다.

"제가 어디가 어때서 코볼트 같다는 거예요? 어디, 다시 말해보시죠!"

"얼굴, 몸매 모두 다. 거울 보면 모르나?"

"까아아악! 진짜 재수없어!"

발광의 경지에까지 이른 그녀를 간단히 무시했다. 뭐, 화를 내는 모습이 귀여워 보이기는 했다.

이곳의 언어와 글자가 나에게는 아무런 장해도 되지 않았다. 원래부터 알고 있었다는 듯 나오는 말이 너무나도 자연스러워 의문을 가지는 것도 잊어버렸던 것이다. 물론 다른 의문이 너무나도 커서 미처 생각이 닿지 않았던 것도 있다.

차분해진 지금은 나에게 벌어진 모든 것을 침착하게 정리하는 것이 가능했다.

마을은 사막과 초원의 경계선 부근에 위치해 있었다. 마을 뒤쪽부터는 숲이 시작되었는데 내가 있는 곳도 숲 근처였다.

사막과 초원의 경계는 너무나도 확실하고 뚜렷했다. 무언가 사막을 유지하는 힘이 작용하는 것처럼 사막은 주위의 푸름과는 전혀 무관하다는 듯 그렇게 존재하고 있는 것이다.

상식이 통용되지 않는 세계.

분명 이 세계와 나는 무언가 관련이 있다. 그런 생각이 강하게 들었다.

'지금 할 일은……'

알아내야 한다. 그러기 위해서는 강해져야 한다.

사막에서도 이 세계에 대해 알아내기 위해 무작정 돌아다닌 적이 있다. 죽을 뻔한 이후로 그런 짓은 하지 않았지만 가장 뼈저리게 느낀 것이 있다면 내가 약하다는 것이다.

어떤 위험이 도사리고 있을지 모르는 세계다. 알기 위해서는, 직접 알아가기 위해서는 강해져야 한다.

"괜찮군."

그럭저럭 완성된 오두막은 나름 괜찮았다. 둥지와 같은 안정감은 없었지만 지금 나에게는 최적이었다. 아직 제대로 지으려면 멀었지만 충분히 지낼 수 있었다.

지금은 밤이다. 사막의 밤과는 달리 적적하지 않았다. 곤충의 울음소리와 반딧불 같은 것들이 함께 춤을 추고 있었다.

'사막의 밤은 무척이나 힘겨웠었지.'

지나고 나면 추억이 될까?

나는 고개를 흔들었다.

‘아니, 추억보다는 악몽이겠지.’

살짝 한숨을 쉬고는 가방에서 어둠의 서를 꺼냈다. 가방의 외부는 크게 훼손되었지만 다행히 내용물의 유실은 없었다. 그러고 보니 가방 안에는 금화 주머니도 있고 사막의 정수 등, 모아놓았던 아이템이 있었다.

‘나중에 팔거나 해야겠어.’

순수한 내 것이기 때문에 손해를 감수할 생각은 전혀 없었다.

“어둠의 서……”

검은 가죽 표지는 무척이나 매끄러웠다.

‘그러고 보니 이렇게 자세하게 살펴보는 것은 처음이군.’

범상치 않은 기운이 일렁거리는 것 같았다. 나는 천천히 어둠의 서를 펼쳐 읽기 시작했다.

‘…사람은 살면서 의지력을 발산한다. 그것은 의식과 무의식을 모두 포함한 것으로, 인간은 살면서 평생 동안 의지력을 발산하며 살아간다. 어떠한 색으로 물든 의지력은 무결점 순수 에너지인 마나를 물들이며 변이시킨다. 암흑 에너지 또한 다르지 않다. 그것은 인간의……’

무슨 말인지 잘 모르겠다.

의지력이 마나를 변이시킨다는 내용인 것 같다.

‘거대한 의지력의 순환과 흐름 속에서 어둠의 에너지는 독특한 양상을 띤다. 주위를 잠식하며 뭉치고 더욱 거대해져 독자적인 흐름을 만든다. 어둠, 암흑 에너지야말로 가장 파괴력이 강한 공격 수단임을 단언할 수 있다.’

가장 파괴적인 공격 수단. 눈에 띄는 문구다.

"에너지의 흐름이라……."

암흑 에너지에 대한 심오한 이야기가 줄줄이 이어졌다. 이해가 될 리 없었지만 일단 끝까지 읽어보자는 식으로 계속 읽어 내려갔다. 그러다 멈추고 말았다.

알 수 없는 단위들과 표기가 난무한 것을 읽을 수 있을 리가 없었기 때문이다.

'그만두어야 하나? 아니, 조금 더 보도록 하자.'

호흡법이라는 대목에 이르렀을 때다.

레벨이 올랐습니다.

스킬 정보가 업데이트되었습니다.

알림 메시지가 떴다.

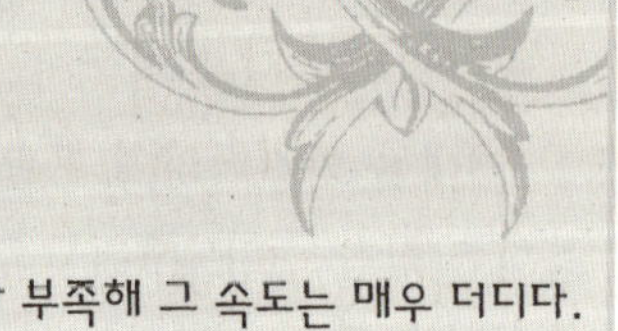

Skill

[F] 기초 호흡법—ㅁㅁ.ㅁㅁ%

마나를 쌓을 수 있는 호흡법. 이해가 부족해 그 속도는 매우 더디다. 숙련도가 높아진다면 진정한 이름을 찾을 수 있을지도.

깨달아졌다. 감각 기관이 하나 더 생긴 느낌이다. 마치 다른 세계에 온 것 같았다. 들이마시는 공기에서 부드러운 어떤 기류가 느껴졌다. 차갑기도 하고 따듯하기도 한 모순된 느낌. 나는 호흡이 달라져 있음을 알아차렸다.

"이것이 마나?"

마나의 기류를 의식하며 호흡을 할 때마다 극소량씩 무언가 몸 내부로 들어오고 있는 느낌이 들었다. 몸으로 들어온 마나는 혈관을 타고 온몸을 기어 다니다가 심장에 모여들었다. 아주 미미한 양이라 잘 느껴지지 않았지만 확실히 존재했다.

그렇게 모인 마나는 심장에서 뿜어져 나오는 피에 섞여서 다시금 혈관을 질주했다.

"이거로군."

나는 웃었다. 이제야 조금이나마 마나에 대해서 깨달은 것 같았다. 계속 연구해 나간다면 한층 더 강력해질 수 있을 것 같았다.

'이 미지의 힘이 얼마나 큰 힘을 지녔을까?'

생각만 해도 가슴이 두근거렸다.

부스럭—

누군가 오두막으로 접근하고 있다. 코볼트처럼 작은 기척이니 큰 몬스터는 아닌 것 같았다.

감았던 눈을 떴다. 옆에 놓인 철검을 잡았다.

"왁! 놀랐죠?"

프린이었다.

괴이한 소리를 외치며 두 손을 치켜든 프린의 모습에 나는 숨을 내쉬며 철검을 내려놓았다. 나를 놀라게 하고 싶었던 모양인데 나는 그 모습에 오히려 맥이 빠져 버렸다.

"히히~"

뻥 뚫린 정면에 보이는 것은 웃고 있는 프린의 얼굴이었다.

"혼자 성벽을 넘지 말라고 그랬을 텐데?"

"그, 그랬던가요?"

"다시 코볼트 밥이 되고 싶은 거냐?"

프린은 고개를 푹 숙였다. 나는 한숨을 내쉬며 입을 떼었다.

"일단 왔으니 들어와라."

"네!"

쪼르르 달려온 프린이 내 옆에 앉았다. 뭐가 그리 좋은지 미소 지으며 나를 바라보았다.

"있잖아요. 우리 언니 예쁘죠?"

"전혀."

"왜요? 아저씨들 사이에서는 인기가 엄청나요."

"단체로 눈이 삐었나 보군."

그런 여자를 좋다고 쫓아다니다니, 용병 놈들도 어지간히 여자가 그리웠나 보다.

'음, 가만히 생각해 보면……'

귀여운 구석이 조금은 있긴 했다.

"후, 언니가 대장님께 가지 말았으면 좋겠는데."

　훈련 때문에 매일 사막 대장에게 찾아가는 것 같았다. 검술을 배우고 있다고 들었다.
　"있잖아요, 대장님은 저를 싫어하나 봐요."
　"왜 그렇게 생각하지?"
　프린은 망설이다가 입을 떼었다.
　"엄청 무섭게 쳐다봐요. 굉장히 무서워요."
　"원래 재수없는 남자다. 신경 쓰지 마라."
　"그럴까요?"
　"그래."
　나는 나무 기둥에 등을 기대었다.
　"근데 혼자 이런 곳에 있으면 무섭지 않아요?"
　"글쎄……."
　나는 고개를 들었다.
　'사람을 만나려 그 고생을 했는데 또다시 혼자 있고 싶어질 줄이야.'
　나도 내 자신을 잘 몰랐다.
　'나는 일부러 경계를 긋고 있는 것인가?'
　그렇게 생각하고 있지는 않지만 어쩌면 무의식적으로 피하고 있는지도 몰랐다. 저들과 나는 분명히 다르니까.
　"제가 있으니까 안 무섭죠?"
　"……."
　눈을 초롱초롱 빛내며 말하는 프린의 모습에 나는 시선을 돌렸다.

"그렇죠? 맞죠?"

빛을 내는 벌레들이 날아다녔다. 마치 하늘에 떠 있는 별이 움직이는 것 같았다. 빛의 무리가 바람에 흔들리는 모습은 그야말로 장관이었다.

"재미없어요. 재미없는 남자는 여자한테 인기없대요."

피식 웃고는 자리에서 일어났다.

"왜요?"

"네 언니가 온 것 같군."

벌써부터 은은하게 퍼지는 달콤한 냄새는 사라 특유의 냄새였다. 기척을 지우며 열심히 접근하고 있지만 역시 아직 멀었다. 프린과 눈이 마주쳤다. 뜻이 담긴 시선에 나는 고개를 끄덕였다.

나는 그녀가 어느 정도 접근할 때까지 가만히 있다가 프린에게 눈치를 주었다.

"왁!!"

"꺄악!"

풀숲 사이로 놀라 발랑 자빠진 사라의 모습이 들어왔다.

'성공이군.'

무척이나 꼴사나운 광경이었다.

"프, 프린 너……!"

"풋내기 검사치고는 폼이 그럴싸한데? 그건 무슨 검술이지? 지렁이검술?"

"으, 으으!!"

사라는 벌떡 일어나 나를 노려보았다.

"이런 야심한 밤에 무슨 일인가? 나를 만나러 온 거면 사양하려고 하는데?"

"흥! 당연히 프린을 찾으러 온 거죠! 왜 자꾸 우리 프린을 데려가는 건데요? 여기가 얼마나 위험한지 몰라요?"

나에게 손가락질을 하며 그렇게 외치는 사라였다. 나는 조용히 사라를 바라보았다. 그러자 사라는 주춤 물러나며 시선을 돌렸다. 살짝 겁먹은 것이 보였다.

"흐, 흥! 늦었으니 데려갈게요!"

"언니, 나 방금 왔는데."

"할아버지께서 걱정하시잖니! 너 혹시 또 혼자 여기까지 온 건······?"

프린은 곤란하다는 듯 나를 바라보았다.

"마을에 간 김에 심심해서 데려왔다. 프린의 언니가 누군지 모르지만 매일 혼자 놀게 방치해 두더군."

"아, 아무튼 이런 일은 없었으면 좋겠네요!"

"명심하지."

프린은 큰 미소를 그리며 엄지손가락을 척 들었다. 나도 사라가 안 보는 틈에 살짝 엄지를 올려주었다.

"내일은 오지 마라. 할 일이 있으니까."

"저, 정말요? 갑자기 웬일이래?"

"그렇게 내가 보고 싶다면 어쩔 수 없지."

사라는 다급히 손을 내저었다.

“아, 아니에요. 하하! 그, 그럼!”

“오빠 안녕!”

손을 흔드는 프린을 보며 나는 살짝 손을 흔들어주고 등을
돌렸다.

*   *   *

사라는 투덜거리며 프린의 손을 잡고 걷기 시작했다. 데이
오스와 대화를 하면 매일 지는 느낌에 엄청난 짜증이 밀려왔
다.

“뭐야? 마도사면 다야? 아우, 잘난 척은! 그냥 확!!”

순간 데이오스의 무심한 눈동자가 생각났다. 마을 용병들이
그에게서 공통적으로 느끼는 두려움이란 감정이 듦과 동시에
어떤 강렬한 느낌이 그녀의 가슴을 강타했다.

“으, 음.”

빛 벌레들 사이로 자신을 응시하던 모습은 심장이 두근거릴
만큼 환상적이었다.

고위 귀족들이 그리할까?

비웃음을 머금은 미소도 그와 너무나도 잘 어울렸다. 사라
는 빨갛게 물든 얼굴을 세차게 저었다.

‘말을 좀 곱게 해준다면……’

사라는 화들짝 놀라며 두 손으로 자신의 뺨을 때렸다.

‘내, 내가 무슨 생각을……! 에잇, 재수없어!’

프린은 혼자 생각에 빠진 사라를 보며 소리 내어 웃기 시작했다.

*　　　*　　　*

호흡법을 하며 밤을 지새웠다. 잠을 자지 않았음에도 상쾌한 기분이 전신을 휘감았다. 심장에 쌓이는 마나는 극소량이었지만 확실히 존재감을 키우며 조금씩 성장하고 있었다. 꾸준히 모으게 된다면 정말로 마법을 발현할 수 있을 것 같았다.

아침 일찍 마을 안으로 들어왔다. 전투와 관련된 책을 구해 스킬을 만들거나 스킬의 등급을 올리기 위해서였다. 내 생각이 틀리지 않다면 분명 구체 형식으로 변해 습득 가능할 것이다.

'내 목숨을 지키게 도와준 검술이니 제대로 만들어야 한다.'

신체 능력에서 사막 대장에게 결코 뒤지지 않았다. 마력을 사용하지 않았음에도 비등했으니까. 나는 훨씬 강해질 수 있는 실마리를 찾았다.

열매를 수집하던 프린이 나를 보자 쪼르르 달려왔다.

"좋은 아침이에요."

"뭐하는 거지?"

"파이를 만들려고 모으고 있어요. 오빠도 드릴게요."

"그래."

프린에게 작게 손을 흔들어주었다. 작은 손을 흔드는 프린을 바라보다가 시선을 돌렸다. 주위의 용병들도 하던 일을 멈추고 프린을 흐뭇하게 바라보았다.

"마, 마도……."

"쉿! 빠, 빨리 가자구."

하지만 나에게 시선이 닿자 허겁지겁 시선을 돌렸다. 마도사라는 소문과 검은 머리 때문인지 덩치가 산만 한 용병조차도 나를 피해갔다.

'마도사라…….'

사막 대장과의 일전도 있고 해서 완전히 마도사로 믿는 눈치였다.

'일단…….'

마을의 규모는 생각보다 컸다. 상단을 겸하고 있는 마을이라 그런지 상점에는 그럭저럭 많은 물품이 있었다. 마을 남쪽에 위치한 상점가로 향했다. 과일이나 휴대가 간편한 건조 식량 같은 것을 파는 노점상들이 보였다.

'저기로군.'

마을에 하나밖에 없는 잡화점의 간판이 보였다. 나무로 지은 아담한 크기의 가게였다.

띠링─

"어서 오……."

문을 열고 들어가자 두건을 둘러쓴 중년 남자가 보였다. 사람 좋은 인상이다.

“크, 크흠. 어, 어서 오세요, 마도사님.”

겁먹은 느낌이 강했다. 주위에 서 있던 용병들도 슬슬 눈치를 보더니 피하기 시작했다. 어차피 해명할 수도 없다. 신경 끄는 편이 좋았다. 게다가 나를 어려워하는 편이 상인들을 대할 때 훨씬 편했다.

“책 같은 것도 취급합니까?”

“네? 네, 물론입죠. 구체적으로 어떤 책을 원하시는지……?”

“전투기술서.”

“크, 크흠.”

그는 쓰고 있던 안경을 다시 쓰며 식은땀을 흘렸다.

“죄, 죄송합니다만 전투 기술에 관련된 서적은 수입이 되지 않아서……. 그… 용병연합집회소 자료실에 일부 있습죠.”

집회소. 그쪽으로 가는 것은 그리 달갑지 않았다. 사막 대장이 마음에 들지 않는 이유가 대부분이었다.

‘하지만 원하는 것을 얻으려면 가봐야겠지.’

나는 살짝 고개를 끄덕이고는 허리춤에 매단 가방을 꺼내 보여줬다. 배가 쩍 갈라진 가방이었다. 심하게 파손되어 생긴 틈에서는 검은 공간만이 일렁이고 있었다.

“마법 아이템이군요! 이, 이런 물건을 실제로 보게 될 줄이야!”

“이 마을에서 이것을 고칠 만한 사람이 있습니까?”

“크흠, 평범한 가방이라면 저도 고칠 수 있지만 마법 아이템이라면 이야기가 달라집니다요. 음, 용병연합회 소속 장인들에게 물어보시는 편이 좋을 것 같습죠."

'나중에 한번 찾아가 봐야겠군.'

나는 가방을 바라보다가 안에 넣어둔 수집품이 생각났다.

'팔 수 있을까?'

가방에서 거대 사막전갈의 껍질 일부를 꺼내 그에게 건넸다. 그는 무척이나 흥미롭다는 표정을 짓더니 주먹만 한 돋보기를 가지고 와 자세하게 그것을 살피기 시작했다.

"좋은 물건이군요! 3골드 드리겠습니다. 그… 괜찮으신지……?"

작게 고개를 끄덕였다.

"모두 금화로 드릴까요? 수표보다는 금화가 안정적입니다만……."

"그렇게 해주십시오."

그는 계산대에서 금화를 꺼내주었다. 화려한 이름 모를 꽃이 조각된 금화였다. 상점가를 벗어나 집회소로 향했다.

"오랜만에 얼굴을 보는군. 거래 이후로 처음인가?"

사막 대장이 빗자루로 집회소 앞을 쓸고 있었다. 빗자루를 벽에다 기대어놓고는 나에게 다가왔다.

'크군.'

나보다 한 뼘이나 커다란 키와 육중한 몸은 위압감을 느끼게 하기에 충분했다. 거칠게 수염이 자랐지만 대체적으로 부드러운 인상이었다.

"우리 쪽에 용무가 있는 것 같은데?"

"전투 기술에 관련된 도서를 대여하고 싶다."

"도서? 책 말인가? 취향이 특이하군."

사막 대장은 너털웃음을 지으며 고개를 내저었다.

"검술은 마법과는 달리 책으로 이해하기는 힘들지. 뭐, 고급 검술은 비급이니 뭐니 해서 존재하기는 한다는데 이곳에 그런 것이 있을 리가 없지 않은가?"

"없는 건가?"

"이론 서적이 있기는 한데, 그것은 기초 중에 기초. 이를테면 귀족 나리들을 위해 심심풀이로 쓴 것들이라 할 수 있네. 젖비린내 나는 풋내기들도 보지 않아. 자네도 어느 정도 검을 다루니 잘 알 텐데?"

나는 사막 대장의 갈색 눈동자를 바라보았다.

"빌려줄 수 있나?"

"별 이상한 것에 흥미가 있나 보군. 자료실에 있으니 가져가도록 하게. 그냥 빌려주도록 하지. 그런 것에 돈을 받을 순 없으니……."

나는 고개를 끄덕였다. 사막 대장은 이해할 수 없다는 듯한 몸짓을 하고는 빗자루를 다시 들었다. 집회소에는 다양한 시설이 존재했다. 붙어 있는 것은 아니지만 조금 거리를 두고 대장간과 잡화점 등이 있었다.

아침부터 용병들이 시끄럽게 몰려 있었다.

"많군. 어디서 이렇게 많이 모이는 거지? 보물이라도 숨겨져 있나?"

내가 묻자 사막 대장은 빗질을 하며 말하기 시작했다.

"용병들에게는 이곳이 바로 기회의 땅이기 때문이지."

사막 대장이 천천히 말을 이었다.

이곳은 수시로 코볼트가 몰려오는 최악의 마을이다. 스스로의 가치를 올리기 위한 장소로서는 최고라고 한다. 코볼트를 상대로 버텨 등급을 올린다.

등급이 가치의 전부인 용병들에게는 죽음의 전장이자 또 하나의 기회인 셈이다. 3년간 사막 연합 소속 용병단이 급부상할 수 있었던 이유는 바로 끊임없이 벌어지는 전장에서 살아남는 강인함에 있다고 한다.

"목숨을 걸고 가치를 높인다. 용병들은 그렇게 살고 그렇게 죽는다네."

저들의 레벨로는 오래 버티지 못할 것이다. 10이 넘어가는 자들은 그럭저럭 버티겠지. 그 이하는 분명 무척이나 위험했다. 풋내기들이 밀려오고 죽어간다. 마치 불에 뛰어드는 불나방 같지 않은가?

"다른 목적이 있는 건가?"

사막 대장의 빗질이 잠시 멈췄다.

"어째서 그렇게 생각하지?"

다 죽어가는 마을에 찾아와 이렇게까지 이끌어온 목적이 이유가 궁금했다. 하지만 나는 아무 말도 하지 않았다.

"좋은 눈이군."

그의 시선이 나와 마주쳤다. 사막 대장의 입꼬리가 부드럽게 말아 올라갔다. 그는 차분하게 가라앉은 눈으로 나를 바라보다가 다시금 빗질에 열중하기 시작했다. 여전히 기분 나쁜 남자다.

나는 그를 지나쳐 집회소 안으로 들어갔다. 안으로 들어가자 시선이 한꺼번에 모아졌다. 나쁘지 않은 기세다.

'간부급이라……'

대부분이 10레벨이 넘어가는 간부급들이었다. 특히나 15 정도 되는 용병들의 시선은 노골적으로 느껴지기까지 했다.

'실력에 대한 자신감이란 건가?'

상대를 볼 수 있는 눈이 없다. 한참 부족한 놈들이 잘도 나에게 도전적인 시선을 건네는 것이었다. 사막에서 너무 오래 지냈던 것일까? 약자가 이런 시선을 보낸다는 것 자체가 마음에 들지 않았다.

뚜벅— 뚜벅—

나는 카운터를 향해 걸었다. 의자에 앉아 있던 덩치 큰 용병 하나가 자리에서 일어나며 내 앞을 막아섰다.

"마도사라고? 웃기는 소문이군."

턱!

나보다 머리 하나가 더 큰 용병의 어깨를 잡아 눌렀다.

"크……."

무릎이 꿇려지며 놈이 땀을 삐질삐질 흘리기 시작했다. 일어나려고 안간힘을 쓰고 있었지만 내 힘이 그것을 허락하지 않았다. 침묵이 흘렀다.

"자료실은 어디지?"

"크, 큭, 2층… 복도 끝……."

"고맙군."

어깨를 놓자 숨을 거칠게 헐떡였다. 주위가 술렁이기 시작하자 그가 손을 들었다. 그러자 다시 조용해지기 시작했다. 그 후로 내 앞을 막아서는 용병은 없었다.

'여기로군.'

이층으로 올라 복도 끝에 있는 문을 열었다. 낡은 종이 냄새가 풍겨져 왔다. 생각보다 책의 종류는 많지 않았다. 오히려 몬스터의 뼈라든지 모형, 지도 같은 것들이 대부분이었다.

걸레로 테이블을 닦고 있는 남자 하나가 보였다.

'붉은 머리?'

타오르는 듯한 붉은 머리였다. 어깨까지 기른 머리와 굉장히 곱상한 얼굴이 어울려 예쁘장한 여자를 보는 것 같았다.

'사라보다 예쁘군.'

나는 피식 웃고는 그를 향해 걸어갔다.

"히, 히이익! 마, 마도사?!"

괴이한 소리를 지르며 뒤로 나자빠졌다. 생각보다 격한 반응이다.

"이곳 용병인가?"

"그, 그렇습니다만, 마도사님께서는 무, 무슨 일로……."

"전투 기술에 관련된 도서 있는가?"

"그, 그거라면… 확실히 정리한 기억이 나는데, 아! 제, 제가 빨리 꺼내 드리겠습니다!!"

허겁지겁 일어나 수북하게 쌓인 책 쪽으로 달려갔다. 그러다가 발이 걸려 넘어지기도 했다.

'바보인가?'

잠시 뒤 책을 가득 들고 온 그가 내 흥미를 끌었다.

Status

이름:세이즈 크로터

레벨:26 [1.20%]

칭호:겁쟁이 마법학사, 용병단 잡일꾼, 폭염의 크로터.

성향:중립

호감도:10[흥미]

근력:23　　　민첩:20

내구:17　　　지능:72

지혜:63　　　손재주:30

[10보다 낮은 능력치는 표기되지 않습니다.]

마도사라 소문난 데이오스를 흥미롭게 여기고 있다.

Skill

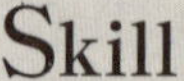

[B]불의 정기

화염 속성을 타고난 존재. 화염을 자유자재로 다룰 수 있다.

Skill

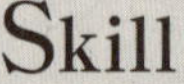

[E]3서클 마스터

수준 높은 3서클 마법을 모두 구사할 수 있다.

Skill

[E]물품 제작

섬세한 작업까지 가능해서 여러 가지 물품을 만들 수 있다.

보통 녀석이 아니다. 간부급을 간단히 뛰어넘는 레벨과 능

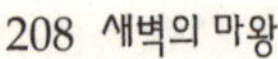

력치를 지니고 있었다.

'뭐하는 녀석이지?

나는 세이즈를 훑어보았다. 나보다는 작지만 그리 작게 느껴지지 않은 키에 그럭저럭 괜찮은 골격을 지니고 있었다. 계집애 같이 유약해 보이는 인상 때문에 가려지는 감이 있었다.

"마, 마음에 안 드십니까? 그럼 지금 당장……!"

나는 손을 들어 저지했다. 연기를 하고 있는 것 같았다. 정보창을 보지 않았더라면 그저 겁쟁이 잡일꾼으로 볼 수밖에 없었을 것이다.

Skill

[F—]기초 검술

가장 기초적인 자세가 수록되어 있다.

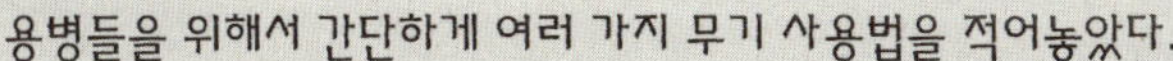

Skill

[F]무기술

용병들을 위해서 간단하게 여러 가지 무기 사용법을 적어놓았다.

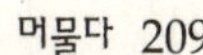

많은 책 중에서 이 두 개를 골랐다. 책을 가방에 넣었다. 세이즈는 내 시선이 머물지 않음에도 충실히 겁쟁이를 연기하고 있었다.

"좋군."

"가, 감사합니다."

"이곳에서 일하는가?"

내가 묻자 세이즈는 크게 고개를 끄덕였다.

"조, 조금 더럽지만 그래도 아늑해서 좋아요."

"마법학사 같은데?"

칭호에서 알 수 있었던 마법학사를 언급해 보았다. 폭염의 크로터라는 칭호와는 확실히 대조적인 칭호였다.

"마력이 미약해 아무도 몰랐는데 대, 대단하시군요! 역시 마도사님! 아! 죄, 죄송합니다."

"겁이 많은가 보군."

세이즈는 고개를 푹 숙였다.

"그, 그게… 성격을 고치기 위해서 입단했는데 그게 여러모로 잘 안 돼서요. 몬스터만 보면 덜덜 떨리고, 전 참 한심해요."

나는 세이즈를 조용히 바라보았다. 역시 연기 실력이 수준급이다.

"그럼 가보도록 하지."

"사, 살펴가세요!"

“불… 조심해라.”

“네?”

세이즈의 얼굴을 보지 않고 그대로 밖으로 나왔다. 굳이 언급할 필요는 없었지만 나를 속인다는 것 자체가 마음에 들지 않았다. 경고 정도는 해주고 싶었다.

이제 알아서 나를 의식할 것이다.

“재미있는 녀석이군.”

사막 대장은 저 녀석의 실체를 알고 있는지 궁금했다.

‘신경 쓸 필요는 없겠지.’

그대로 곧장 오두막으로 돌아왔다. 가방에서 책 두 권을 꺼내 동시에 폈다. 책에서 나온 구체를 잡자 정보창이 떴다.

스킬 정보가 업데이트되었습니다.

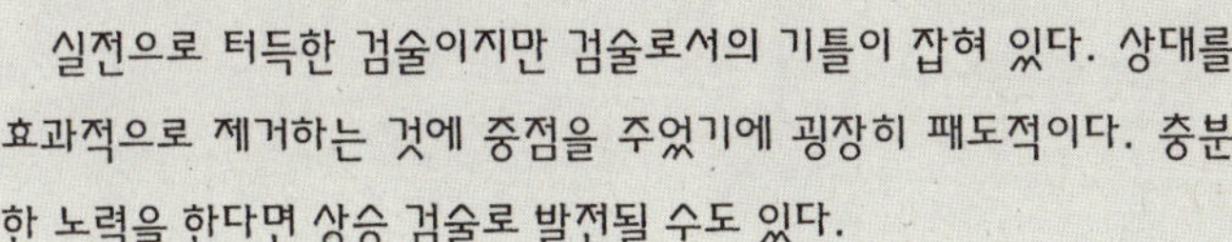

Skill

[D+] 실전주의 검술—22%

실전으로 터득한 검술이지만 검술로서의 기틀이 잡혀 있다. 상대를 효과적으로 제거하는 것에 중점을 주었기에 굉장히 패도적이다. 충분한 노력을 한다면 상승 검술로 발전될 수도 있다.

Skill

[F—]무기술

무기라면 어떤 종류든 사용할 수 있다. 하지만 등급이 낮아 사실상 효과를 기대하기 어렵다.

조용히 검을 들어보았다. 알지 못했던 검을 잡는 방법, 자세, 그리고 검로가 머릿속에 그려졌다. 예전 실전 검술의 틀에서 크게 벗어나지 않고, 그것에 기본을 잡아준 느낌이 들었다. 예전과 같이 본능적으로 공격하고 방어하지만 이제는 분명 어떠한 개념이 담겨질 것이다.

"좋군."

사막 대장과 붙어도 예전처럼 쉽게 당하지 않을 것 같았다. 하지만 자만은 금물이다. 아직 기초를 배웠을 뿐이다. 확실한 실력이 없는 이상 자신해서는 안 된다.

지금 가장 필요한 것은 실전 상대이다.

그것도 충분히 강한!

Chapter 08
검은 앞발 빅 베어

철검 하나와 가방을 챙겼다. 필요한 것은 가방에 다 있으니 다른 것을 더 챙길 필요가 없었다.

"앞은 사막이고 뒤는 숲이라……."

멀리서 사막이 보였다.

뜨거운 아지랑이가 치솟는 모습이 무척이나 답답해 보였다. 하지만 이곳은 기후마저 다르다. 경계선을 기점으로 기후와 환경, 모든 것이 달라진 것이다. 비현실적이긴 하지만 이제는 아무렇지도 않았다.

"집채만 한 전갈도 있는데 이상할 것도 없지."

산맥이 너무나도 거칠었다. 이 험준한 산맥을 넘지 못해 여러 상단들은 주로 사막을 경유해서 제국과 다른 왕국으로 이동한다고 한다. 제국 남부와 동부 왕국연합을 이어주는 중요한 상로이기도 했다. 게다가 상당히 빠른 지름길이기도 해서 물품의 종류에 따라 코볼트나 기타 위험을 감수할 만했다.

그 길목에 용병 마을이 있는 것이다.

이번에 숲 속 깊이 들어가 볼 작정이다. 숲 안에 무엇이 있는지는 듣지 못했다.

'직접 확인해 보는 것도 나쁘지 않겠지.'

나는 거침없이 숲 안으로 들어갔다.

'이 숲에도 몬스터가 있을까?'

사막보다 더 공포스러운 놈들은 없을 것 같았다. 그런 것이 득실거린다면 이곳 역시 사람이 살지 못하겠지.

"나쁘지 않군."

적당히 주위를 둘러보며 나아갔다. 끈적끈적한 습기가 그렇게 나쁜 기분은 아니었다. 날아다니는 거대한 곤충을 간단히 쳐내고 넝쿨 따위를 베었다.

달콤한 향기가 진해져 와 바닥을 보니 이름을 알 수 없는 열매들이 바닥에 수북하게 쌓여 있었다. 그것에 작은 동물이나 곤충들이 꼬이는 것은 당연해 보였다.

"애벌레?"

바닥을 기고 있는 애벌레를 잡아보았다.

Information

[一]칼날풍뎅이 유충

열매를 주로 먹고사는 애벌레. 고소한 맛이 난다.

주먹만 한 흰색 애벌레가 징그럽게 꿈틀거렸다. 그다지 고소할 것 같지는 않다.

'구워 먹는다면 조금은 괜찮을까?'

쓸데없는 생각이다. 다시는 이런 것들을 먹지 않을 생각이다.

나는 애벌레를 던져 버리고 다시 몸을 움직였다.

빠르게 두 시간 정도를 걸어 숲 속 깊이 들어온 것 같다.

물 냄새가 났다. 주위의 온도가 조금은 내려간 느낌이 들었다. 조금 더 가자 나무가 사라지더니 거대한 물웅덩이가 나타났다.

그곳에 익숙한 놈들이 있었다. 사슴과 비슷한 동물을 뜯어 먹고 있었다. 덕분에 주위에는 피가 흥건했다.

"코볼트로군."

숫자는 여섯.

사막과 인접해 있어 어느 정도 예상했지만 숲에서 식량을 구하기도 하는 것 같았다.

Information

[F—]푸른 머리 사막 코볼트 정찰병

정찰에 특화되어 있는 코볼트. 빠른 이동 속력을 가졌다.

'후, 마침 잘 만났다. 두드려 패다가 죽여주마.'

다 나은 상처가 쑤시는 느낌이다.

몸을 풀기에는 적당한 상대다. 숫자도 적당했다. 나는 여유로운 걸음으로 놈들에게 다가갔다.

"잘도 내 앞마당에서 식사 중이시군?"

"끼엑?"

"끼에에에!"

놈들은 날 보자마자 놀라며 무기를 쥐었다. 흉흉한 눈으로 나를 노려보았지만 우습게만 보였다.

휘익—!

철검을 가볍게 공중에 휘저었다. 장난치듯 공중을 휘젓던 검을 앞으로 강하게 내밀었다.

지잉—

검이 세차게 진동한다. 검이 크게 울리며 공기를 진동시켰다. 짜릿한 쾌감을 불러일으켰다.

지금의 나는 강하다.

“한꺼번에 베어주지.”

그때였다.

쿠오오오!

강한 진동이 느껴진다. 바닥을 울리는 느낌에 나는 고개를 들어 소리의 진원지를 바라보았다.

“무슨……!”

커다란 나무가 박살 나며 치솟아오르는 것이 보였다. 어마어마한 것이 나무를 부수며 달려들고 있는 것이다.

“끼엑?”

진동도 소리도 멈추었다. 코볼트들은 그 자리에 멈춰 서서 눈을 깜빡였다. 끈적끈적한 분위기가 이어졌다.

“쿠오오!!”

코볼트들 뒤쪽에서 거대한 무언가가 튀어나왔다. 웅덩이의 물이 치솟으며 비가 내리는 것처럼 보였다.

콰가가가―!

앞발로 코볼트들을 날려 버렸고, 찍어 눌렀다. 그것에 그치지 않고 거대한 입으로 사정없이 물어뜯고는 던져 버렸다.

퍽!

날려간 코볼트는 나무에 처참하게 부딪쳤다. 나무를 휘게 만들 정도로 강한 힘이었기에 코볼트는 볼품없이 찌그러져 버렸다.

두려움에 젖어 덜덜 떨고 있는 코볼트를 거대한 앞발로 날려 버렸다.

휘이이익— 텅!

내 옆을 스쳐 지나가 나무와 부딪쳤다.

순식간에 코볼트가 전멸했다. 그야말로 가루가 되어버렸다. 형체를 알아볼 수 없게 변한 코볼트를 바라보다가 그 거대한 존재에게 시선을 돌렸다. 주위의 온도가 급격히 하강하는 느낌을 받았다. 찌릿찌릿한 살기는 절로 몸을 위축시켰다.

"곰……?!"

거대한 곰이었다.

거대 사막전갈 정도는 아니었지만 어마어마한 크기를 자랑하는 곰이었다.

"쿠어어어어!"

곰이 울부짖었다. 나뭇잎이 휘날렸다.

Information

[E—] 검은 앞발 빅 베어

숲의 그림자에서 살아가는 신수. 숲의 정기를 받아 오랜 세월 살아가는 신수이다. 앞발의 힘은 강철을 부술 정도로 대단하다. 매우 흉포하기 때문에 신수로 추앙받기보다는 오히려 재앙이라 불린다.

*속성:지(地).

‘흉포한… 곰…….’

곰은 나를 한참 동안 응시했다. 시간이 멈춘 것 같은 느낌이 들었다. 상당히 거리가 떨어져 있음에도 곰의 숨결 소리가 귓가에 울려 퍼졌다.

“크르르……!”

한순간에 살기가 폭사되었다. 곰은 으르렁거리더니 큰 앞발을 들었다.

“윽!”

사정없이 휘두른 앞발을 뒤로 뛰어 피했다. 풍압에 옷이 잘려 나갈 정도였다. 곰과 눈이 마주쳤다. 굉음을 내지르며 나에게 무지막지한 속도로 돌진했다.

‘빠르다! 굉장한 속도……!’

나는 재빠르게 뒤로 돌아 전속력으로 달아나기 시작했다.

“쿠오오오!”

나무를 피해 빠르게 달렸다. 살짝 고개를 돌려보았다.

휘잉! 콰가가가―!

거대한 나무가 옆을 스쳐 지나갔다. 나무를 공중에 마구잡이로 날려 버리며 돌진하는 거대한 곰이 있었다. 두 팔로 감싸도 다 감싸지지 않는 거대한 나무가 허무하리만큼 쉽게 뽑혀 나갔다.

곰은 정면에 있는 나무를 앞발로 강하게 쳤다. 나무가 강하게 뽑혀 나가며 나를 덮쳐 왔다. 거대한 나무가 마치 표창처럼 돌며 나에게 날아오고 있는 것이다.

'이대로는……!'

나는 달리던 것을 멈추고 뒤를 돌아 검을 움켜쥐었다. 거대한 나무가 막 지척에 도달했을 때,

서걱!!

위에서 아래로 빠르게 베었다. 무척이나 안정적인 자세로 질풍과도 같이 그렇게 베었다. 짜릿한 손맛이 전해져 왔다.

'그래, 이것이 베는 것이다. 그저 휘두르는 것이 아니라 베는 것이다!'

공중에서 두 조각 난 나무는 나를 빗겨가 주위의 나무를 때려 부쉈다. 나는 빠르게 안정적인 자세를 회복하고 정면을 바라보았다.

"벤다!"

뿌리째 뽑힌 나무들이 날아왔다. 달려 있는 나뭇잎이 꽃잎처럼 휘날리고 있었다.

"흡!"

적당한 거리에 들어왔을 때 빠르게 사선으로 베었다. 연이어 밀어닥치는 나무를 강하게 벤 다음, 다음 공격을 대비했다.

"쿠오오오!"

곰이 돌진해 온다. 결코 속도를 줄이지 않았다.

'벨 수 있을까?'

곰이 다가올수록 휘몰아치는 위압감에 몸이 절로 떨려왔다. 곰이 갑자기 속도를 더 높여 순식간에 거리가 좁혀졌다.

‘지금!’

전력을 다해 검을 빠르게 휘둘렀다.

텅!

가죽을 베는 느낌이 났다. 하지만 그것이 다였다.

충격과 함께 시야가 검게 물들었다. 굉장한 충격과 함께 몸이 크게 뒤로 날려가는 것을 느꼈다. 빠르게 몸을 비틀어 검을 땅바닥에 찍었다.

밀려나던 몸이 멈추어 섰다.

“큭.”

움켜쥔 철검에 금이 간 것이 보였다. 단 한 차례의 격돌에 철검이 이렇게 되어버린 것이다.

피를 뱉어내며 몸을 일으켰다. 그리 심한 상처는 아니다. 아직은 싸울 수 있다. 놈도 제법 부상을 입었을 것이다. 정면에서 흉흉한 안광을 빛내며 나를 바라보는 곰이 보였다. 뼈가 보일 정도로 찢어진 머리 가죽이 눈에 들어왔다.

곰을 노려보았다. 머리에 피를 흘린 곰은 이빨을 드러내며 으르렁거렸다.

‘정면으로 막는 것은 무리, 흘려야 한다.’

철검의 내구도를 최대한 보존한 채 카운터를 먹여야 한다.

“재… 생?”

곰의 머리에 난 상처가 서서히 아무는 것이 보였다. 검은 광택마저 나는 가죽이 서서히 재생되고 있는 것이었다.

나 또한 상태가 나쁘진 않다. 어느 정도 회복된 것이다. 신중하게 검을 앞으로 뻗었다.

가장 몸에 익은 자세가 나온 것이다.

자신감이 있었다.

저놈과 싸워도 죽지 않을 거라는 자신감.

"와라."

말이 끝남과 동시에 곰이 달려들었다. 나는 빠르게 뒤로 물러나며 앞발을 피했다.

틈을 발견했다.

퍽!

강하게 찔렀음에도 가죽 표피를 완전히 갈라 버리지 못했다. 나는 검을 재빨리 회수하며 연이은 곰의 앞발 공격을 간신히 피해냈다.

"큭!"

앞발이 가슴을 스쳐 지나갔다. 옷이 잘리며 피가 튀었다. 나는 비틀거리며 자세를 다잡았다.

빠르게 올려벤다!

군더더기가 빠진 자세에서 나오는 올려베기는 생각보다 강한 위력을 발휘했다.

"쿠오오오!"

가죽이 베이며 피가 뿜어져 나왔다. 그동안 찍어온 인간의 한계를 넘어서는 근력으로도 이 정도 상처밖엔 낼 수 없었다. 근력을 넘어선 무언가가 필요하다.

'마력……!'

퍽!

다른 앞발의 일격을 억지로 버텨냈다. 날려가려는 몸을 겨우 지탱해 내었다.

내구는 똥폼으로 올린 게 아니다.

심장에 미미하게 쌓인 마력이 서서히 전신으로 풀려 나갔다.

몸놀림이 빨라지고 곰의 움직임이 보였다. 마력이 신체 능력을 큰 폭으로 상승시켜 준 것이다.

사막 대장의 한 수가 생각났다.

'검에 마력을……'

어느새 커다란 입이 눈앞에 당도해 있었다.

"크어어어!"

놈이 나를 물어 죽이기 위해 입을 크게 벌린 것이다. 나의 몸을 씹어버리려는 것 같았다.

'네놈……!'

빠르게 뒤로 물러남과 동시에 오른팔을 놈의 입에 넣어버렸다. 움직이지 못하게 혀를 꽉 잡았다.

"크으!"

오른팔이 아작 나는 느낌이 들었다. 아직 팔이 전부 끊어지지 않아 혀를 놓치지 않았다.

이대로 뚫는다.

검에 모든 것을 집중한다. 무언가 꿈틀거림을 느꼈다. 검의 기세가 달라졌다.

"지금!"

몸을 비틀며 검을 위를 향해 수직으로 찔렀다. 놈의 턱밑에서 두개골까지 일직선으로 찔러 버린 것이다.

"커어어억!"

놈의 입이 벌어지며 다량의 피가 쏟아져 내렸다.

가죽을 완벽하게 뚫었다. 심지어 뼈까지 갈라 버렸다.

'이것이 마력의 힘!'

놈의 눈이 뒤집혀졌다. 육중한 몸이 비틀거리더니 크게 뒤로 자빠졌다.

뇌까지 모두 갈라 버린 것 같았다.

레벨이 올랐습니다.

확실히 죽었다.

'이겼다.'

놈을 잡은 경험치가 나를 레벨 업하게 만들었다. 중형이라 부를 수 있는 놈을 처음으로 이긴 것이다.

'하지만……'

박살 난 검보다 더 난자당한 오른팔이 눈에 들어왔다. 살과 근육은 물론이고 뼈까지 심하게 상한 오른팔은 회생 불가능해 보였다.

"검사로서는……"

불합격이다. 정상적인 검사였다면 이런 선택은 하지 않았을 것이다. 사막 대장이라면 분명 다른 방식으로 이겼을 것이다. 지극히 검사다운 방법으로.

이런 건 이겨도 이긴 것이 아니다.

하지만 마력에 대한 느낌과 사용법을 알았으니 손해만은 아니었다.

'검술, 확실히 매력적이야.'

단지 살상 기술이 아닌, 학문과 예술로서 나에게 다가오기 시작했다.

한동안 그 자리에 가만히 있었다. 해가 질 때쯤 자리에서 일어났다. 뼈가 회복되고 근육이 이어지는 것이 보였다. 확실히 예전보다 회복력이 상승한 것 같다.

나는 한 손으로 곰의 팔을 잡았다. 그리고 끌었다.

그그극—

인간의 한계를 초월한 근력이 곰을 끌 수 있게 만들어주었다. 게다가 조금씩 몸에 풀리는 마력은 그 힘을 증폭시켜 주었다.

바닥에 널브러진 철검 조각들이 보였다.

'조금 단단한 검으로 구해야겠어.'

오래 쓸 만한 검이 필요했다.

Chapter 09
강화라는 것

커그는 베테랑 용병에 속했다. 비록 하급에도 못 미치는 일반 용병이지만 생사를 넘나들며 꾸준히 단련했기에 다음 심사에서는 하급에 도달할 수 있을 것 같았다. 하급에 이르게 되면 규모가 있는 상단의 호위나 그럭저럭 돈이 되는 임무를 따낼 수 있었기에 지금 그의 목표는 너무나도 확고했다.

"빨리 이곳을 떠야지."

3년 사이 이곳은 기회의 땅으로 불리면서 많은 풋내기 용병들이 모여 죽어나갔다. 썩어빠져 등급 심사에도 돈이 상당히 필요한 다른 연합과는 달리 사막 용병연합회에선 무상으로 등급 심사를 볼 수 있었다. 기회의 땅. 하지만 용병의 무덤이라는 말이 더 잘 어울렸다.

그는 외곽 정찰을 맡고 있었다. 사막과 초원의 경계선 부근에서 얕은 사막까지 둘러보는 것이 그의 일과였다.

"음?"

주위를 둘러보던 커그는 모래 사이에서 거대한 검은 물체를 발견했다.

"뭐지? 돌인가?"

커그는 들고 있던 도끼로 툭툭 찔러보았다. 그러다가 손으로 모래를 치웠다. 검은 물체의 모습이 온전하게 드러나자 커그는 뒤로 크게 놀라 자빠졌다.

몸이 덜덜 떨렸다.

"저, 전갈?"

중앙 사막에 주로 산다는 악명 높은 거대 사막전갈이었다. 그저 용병 선배들 입에서 전해져 내려오는 거짓말이라 치부했었다. 어떻게 전갈 따위가 그렇게 클 수가 있단 말인가?

"주, 죽은 건가?"

몸이 덜덜 떨렸다. 실제로 본 것은 이번이 처음이다.

"대장님!!"

커그는 뒤로 주춤 물러나다가 몸을 완전히 돌려 마을로 뛰어갔다. 수상한 점이 있으면 바로 보고하라는 사막 대장의 명령이 떠올랐기 때문이다. 마을에 이르자 턱까지 이른 숨을 크게 몰아쉬었다.

"대장님!"

"음? 커그로군. 무슨 일이지?"

사막 대장은 늘 그렇듯 초소에 앉아 모래 바람이 부는 사막을 바라보고 있었다. 여유로운 미소를 지으며 술병을 옆구리에 끼고 있었다.

"저, 저쪽에 괴물이 있습니다!"

"괴물?"

"엄청나게 커다란 전갈입니다요!!"

사막 대장은 술을 한 모금 마시고는 병마개를 닫았다. 그리고는 높은 초소에서 가볍게 뛰어내렸다.

"이쪽입니다!"

커그의 뒤를 따라갔다. 얼마 가지 않아 그는 커그의 말대로 무척이나 거대한 전갈을 발견할 수 있었다. 죽었는지 축 늘어져 있고 고약한 냄새가 났다.

"확실히 중앙 사막에 사는 전갈이로군."

"이, 이게 왜 여기까지 온 것일까요?"

사막의 지평선을 바라보았다. 무언가 끈적끈적한, 공포스러운 바람이 밀려오는 것 같았다.

"이 일에 대해서는 일단 함구해라."

"하, 하지만……!"

"명령이다."

사막 대장은 커그와 어깨동무를 했다.

"오랜만에 같이 술이나 한잔하겠나? 내가 사겠네."

"어, 업무 시간인데……."

"괜찮아. 자네나 나 둘이 없다고 해서 어떻게 될 마을도 아니니. 자네, 보기보다 성실하구만. 하하하!"

사막 대장은 커그의 등을 팡팡 치며 호탕하게 웃었다. 하지만 그의 눈은 무겁게 가라앉아 있었다.

사막 대장은 마을로 돌아와 커그와 술을 마셨다. 제법 시간이 흐른 후 커그는 이미 뻗어서 나자빠져 있었고, 그는 적당히 취해 걸음이 살짝 비틀거렸다. 술에 취할 때면 옛 생각이 나 몸이 떨려올 때도 있었다. 그러니까 늘 완전히 취할 정도로 마셨다. 하지만 극한에 이른 그의 신체가 그것을 쉽게 허락해 줄 리가 없다.

사막 대장은 성벽에 올라 모래 바람이 부는 사막을 바라보았다. 성벽이랄 것도 없다. 그저 모래에 혼합액을 섞어 단단하게 만든 다음, 나무를 지지대 삼아 쌓아 올린 것에 불과했다. 하지만 상대적으로 키가 작은 코볼트들에게는 무시할 수 없는 방어벽이었다. 매번 부서지곤 하지만 꾸준히 보수를 계속하고 있었다.

"여기 있었군, 가이터스."

백발이 성성한 노인이 천천히 그에게 다가왔다. 무척이나 큰 체구를 자랑하는 가이터스에게는 못 미치지만 제법 건장한 체구의 노인이었다. 노인의 몸에서 뿜어져 나오는 기세는 가이터스라 하여도 쉽게 생각할 수 없는 성질의 무언가가 있었다.

"보고 오셨습니까?"

"전갈 말인가?"

가이터스는 고개를 끄덕였다.

"확실히 보았네."

"제란님, 역시 그 아이……."

"그만!"

제란은 가이터스의 말을 끊었다. 날카로운 눈으로 가이터스를 응시했다.

"그 입 다무는 것이 좋을 것이야, 가이터스. 난 아직 자네를 용서하지 않았네. 솔직히 말하자면 내 목숨을 걸고 자네를 죽이고 싶을 정도야."

"……."

가이터스는 제란과 눈을 마주쳤다. 가이터스는 시선을 낮게 깔며 피했다. 저 노인이라면 그런 말을 할 자격이 있다. 그는 그렇게 생각했다.

그의 눈에 저 멀리 바닥에 주저앉아 꽃을 심고 있는 프린이 보였다. 자그마한 소녀를 바라보는 그의 눈빛은 복잡하기 이를 데 없었다.

"지금은 코볼트를 막는 데 집중하도록 하게. 저번 일에 대한 것은… 다음에 묻도록 하지."

가이터스는 고개를 끄덕였다. 제란은 가이터스에게 시선을 떼며 등을 돌렸다. 제란은 프린이 있는 곳을 바라보았다. 그곳에는 검은 머리의 잘생긴 청년과 프린이 있었다. 프린이 환하게 웃는 모습을 보며 제란은 부드러운 미소를 지었다.

"……."

살짝 한숨을 쉬더니 느린 걸음을 옮기기 시작했다.

*　　　*　　　*

"저 보러 온 것 아니었어요?"

"어지간히 심심한가 보군."

"마을에는 제 또래 애들이 없거든요."

외로워 보이긴 했다. 제란 영감이 단단히 혼냈는지 요즘에
는 내가 사는 오두막에 오지 않았다. 오지 않는 대신 모래 성
벽에 앉아 나를 기다리곤 했다.

"다음에 숲에 같이 가자."

"정말요?"

"그래."

"약속한 거예요?"

나는 작게 고개를 끄덕였다. 프린의 얼굴이 환하게 미소로
물들어갔다. 나는 머리를 한차례 쓰다듬어 주고 등을 돌렸다.

"기대하고 있을게요."

살짝 웃음이 새어 나왔다.

내가 마을에 온 목적은 검을 사기 위해서다. 마을 대장간에
는 처음 가보는 것이지만 꽤나 좋은 물건이 있을 것 같았다.

'사막 용병연합회 소속 장인들이라 하니 아무래도 그렇겠
지.'

분주하게 오가는 용병들의 모습에서 예전과는 다른 분위기

가 느껴졌다. 무기를 갈고닦고 갑옷을 매만지는 손길이 무척이나 분주해 보였다.

'여기로군.'

그들을 지나쳐 대장간으로 들어섰다. 후끈한 열기가 실내를 가득 메우고 있었다. 한쪽에는 무기들이 진열되어 있었고, 반대편에서는 쉴 새 없이 망치로 쇠를 두들기는 근육질의 사내가 있었다.

거대한 근육이 망치질에 특화되어 있는 것 같았다. 험악한 인상과 잘 어울렸다.

"음? 검은 머리? 그 소문의 괴짜 마도사?"

그렇게 두려워하는 기색은 없었다. 어깨를 딱 펴고 나를 올려다보았다. 나는 그 당당한 모습이 마음에 들었다.

"무엇을 찾는가, 진리를 행하는 마도사여?"

험악한 인상과는 달리 목소리는 무척이나 부드러웠다.

"단단한 검 있습니까?"

"단단한 검이라……. 음."

대장장이는 진열대에서 검 하나를 꺼내 나에게 보여주었다.

Item

[F+] 롱소드

대장장이 칼슨이 제작한 검. 상대적으로 무겁지만 균형이 잘 잡혀 있다.

*내구 등급:[F+]

적당한 길이와 묵직한 무게가 마음에 들었다.

"값은?"

"15골드."

15골드면 만만치 않은 가격이다.

'비싸군.'

하지만 그 정도 값어치는 있어 보였다. 내가 망설임없이 금화를 꺼내 대장장이에게 건네자 그는 놀랍다는 눈으로 나를 바라보았다.

"가격 흥정은 안 하는가?"

"그 정도 가치는 있어 보입니다."

"역시 마도사군. 하하하! 햇병아리들처럼 굴지 않아."

대장장이는 피식 웃더니 롱소드를 작업대 앞으로 들고 갔다.

"서비스로 강화를 해주지."

"강화?"

"모르는 건가? 하긴, 이런 쪽은 인챈트와는 다르니……."

서랍을 열어 쌀알만 한 구슬 하나를 꺼냈다. 그것을 녹여 섬세한 손길로 롱소드 표면에 바르기 시작했다.

Item

[F+] 롱소드 +1

대장장이 칼슨이 제작한 검. 상대적으로 무겁지만 균형이 잘 잡혀 있다. 강화를 하여 옵션 능력치가 상승했다.

*내구 등급:[E—]

내구 등급이 상승한 것을 볼 수 있었다.

"장인의 경지에 이른 자가 무기를 만들면 특이한 성질을 지닌 무구들이 나오곤 하지. 나도 이제야 어렴풋이 그 개념을 깨달았네. 음, 만드는 사람의 뚜렷한 의지가 투영되는 것 같은데……."

그렇게 줄줄이 설명하던 대장장이 칼슨은 나를 보고는 헛기침을 하며 말을 끊었다.

"아무튼 정기를 머금은 돌을 적당한 온도에 잘 녹여서 바르면 그 의지가 강해지네. 물론 강화를 행할 수 있는 대장장이는 장인의 경지에 이르러야 하지. 바로 나처럼!"

"장인의 경지?"

칼슨은 신이 나서 설명하기 시작했다. 무기를 만드는 데 있어서 의지력을 심어 넣을 수 있는 수준. 그것이 바로 장인의 경지라고 한다. 풀어서 말하자면 옵션이 붙은 무기를 만들 수 있는 사람을 바로 장인이라 칭했다.

강화라는 것은 그 의지력을 강하게 하는 섬세한 작업이라 보통 사람은 행할 수 없다고 한다.

"강화라……. 보통 몇 번까지 할 수 있습니까?"

"정기를 머금은 돌, 강화석이라 칭하네. 단계가 올라갈수록 더 큰 정기를 요구하게 되지. 게다가 올라갈수록 실패할 가능성도 많고, 3단계 이후부터는 무기 자체를 녹여야 해서 실패할 확률이 무척이나 높네."

'정기를 머금은 돌이라……. 혹시 이건가?'

틈틈이 모아온 사막의 정기가 생각났다. 나는 거대 전갈에게서 모아온 사막의 정기를 꺼내 칼슨에게 건넸다.

"오, 오오오! 이, 이것은 사막의 보물! 사막의 기적! 말로만 듣던 사막의 정수 아닌가! 이, 이렇게 큰 것을 보는 것은 난생 처음이네! 자네, 어디서 이걸 구했나?"

"중앙 사막이라고 하더군요."

"주, 중앙 사막? 마, 마도사라고 하더니 진짜였군."

칼슨은 흥분하며 내 손을 붙잡았다. 굳은살이 박인 손은 마치 돌 같았다.

"이걸 쓴다면 4단계까지도 가능할 거야. 음, 실패할 가능성이 있지만 부디 맡겨주지 않겠는가?"

아직 정기의 숫자는 많았다. 아깝지 않을 정도로 말이다.

"그럼 부탁드리겠습니다."

"하하하! 맡겨만 주게!"

칼슨은 작업에 열중하기 시작했다. 롱소드를 녹이고, 사막의 정기와 합치는 작업은 무척이나 고단해 보였다. 강인하면서도 섬세한 손놀림이 필요한 것 같았다. 흘러내리는 땀방울이 정기와 섞이지 않게 조심하며 오랜 시간 동안 열중했다. 나는 그 과정을 유심히 지켜보았다.

"돼, 됐다!!"

Item

[E]광나는 롱소드 +4

장인 칼슨이 온 힘을 쏟아부어 제작, 강화한 롱소드. 상대적으로 무겁지만 균형이 잘 잡혀 있다. 강화를 하여 옵션 능력치가 대거 상승했다.

*내구 등급:[D—]

불투명한 은색이었던 검날은 매끄러운 적갈색으로 변했다. 마치 거울처럼 반짝이는 모습이 꽤나 고급스러웠다. 대단하군. 완벽히 다른 검으로 탄생했다. 표면에서 흐르는 기이한 기운 때문인지 제법 존재감을 뿜어내고 있었다.

"하하하! 4단계까지 강화에 성공한 사람은 무척이나 드물

걸세! 이 대장장이 칼슨이 해냈어!"

칼슨은 함박웃음을 머금으며 내 두 손을 잡았다.

"부탁이 있네. 진리를 행하는 마도사여, 정기를 구하거든 나에게 가져다주지 않겠나? 내 여러 실험을 해보고 싶어서 그러네. 그 대신 성공작들은 자네에게 무상으로 제공하도록 하지."

나쁘지 않은 조건이다. 사막의 정기는 풍족할 정도로 많았으니까. 가끔 들러서 하나씩 제공하는 것이 좋을 것 같았다. 칼슨은 롱소드를 검집에 끼워 나에게 건넸다. 그리고 서랍에서 장갑 하나를 꺼냈다.

"음, 이건 내 성의네. 받아두게."

Item

[F]파워 글로브

착용한다면 힘이 증강될 것 같은 글로브. 실용성을 강조해 움직이기 편리하게 제작되었다.

*근력 +3

가죽 위에 금속을 덧입혀 만든 글로브였다. 탁한 금속의 색깔이 마음에 들었다. 나는 그것을 받아 들고 그 자리에서 착용했다. 손가락 마디마디를 꽉 조여주는 감촉이 무척이나 좋았다.

"이것도 강화 가능합니까?"

"음, 방어구는 내 전문이 아니지. 건너편 셀린에게 가보게. 성격이 엄청 더러… 크흠, 조금 까다로운 아이일세."

"그렇군요."

나는 고개를 끄덕인 뒤 밖으로 나왔다. 방어구 상점에 한번 들러보는 것도 나쁘지는 않을 것 같았다. 집회소 부근에 깔끔한 벽돌집이 보였다.

'저곳이로군.'

깔끔한 외관과는 다르게 문은 반쯤 부서져 있었다.

"으, 저 마녀!"

"무슨 여자가 저래?"

용병들이 허겁지겁 달려나가는 것이 보였다. 상점 안으로 들어가자 무언가가 날아와 볼을 스쳐 지나갔다. 단검이었다.

"꺼져! 눈깔이 삔 네놈들에게는 안 팔아!"

나는 벽에 박힌 단검을 힘을 주어 뺐다. 상당히 강한 힘으로 박혀 있었다. 이 정도 힘이라면 무시할 수 있는 수준이 아니었다.

"꺼지라… 니까! 얼레? 당신은?"

더러운 작업복을 입고 있는 긴 보라색 머리의 여인이 보였다. 아무렇게나 묶은 머리에 얼굴에는 검댕을 듬뿍 묻히고 있었는데, 그럼에도 불구하고 여인의 향기가 진했다.

"호오, 당신이 그 소문의 마도사군. 마도사 나리께서 이 누추한 곳에는 무슨 일이지?"

사라와 그다지 나이 차이가 나지 않는 것 같았다. 정보를 볼까 하다가 그만두었다. 대신 주위를 둘러보며 진열되어 있는 방어구의 정보를 보았다.

"네가 만든 건가?"

"무엇을 말이지?"

나는 진열대에 다가가 가죽 신발을 들었다.

Item

[F+]소가죽 신발

소가죽으로 만든 신발. 섬세한 디자인이 일품이다. 발등과 발목에 철을 덧입혀 실용성을 갖췄다. 착용하면 왠지 몸놀림이 빨라질 것 같다.

*민첩 +3
*방어 등급:[F—]

먼지가 자욱하게 쌓여 있는 것으로 보아 한동안 관리를 하지 않은 것 같았다. 분명 좋은 아이템임에 틀림없었다. 겉만 번지르르한 것들보단 훨씬 나았으니까.

"마도사라 그런가? 보는 눈은 있네?"

"아까 용병들은······?"

"흥, 쓸데없이 이것저것 트집을 잡잖아! 풋내기들 주제에!"

나는 신발을 내려놓았다.

"그 장갑, 칼슨 아저씨가 준 거지?"

나는 고개를 끄덕였다. 그러자 그녀의 얼굴에 알 수 없는 미소가 걸렸다.

"강화를 할 수 있나?"

"강화? 재료만 있다면 못할 것도 없지."

강화라는 것은 무기 한정이 아닌 것 같았다. 방어구도 강화를 해 옵션 능력치를 높일 수 있다는 말이다. 나는 납득하며 고개를 끄덕였다.

"강화할 건가?"

"아니."

하지만 방어구는 필요치 않았다. 장갑을 강화하면 근력 상승이 대폭으로 올라갈 테지만 지금은 내 순수한 능력을 올리는 것이 급선무였다. 다른 방어구도 아직까지는 수련을 위해서라도 착용하지 않는 것이 좋았다.

나는 가방을 들어 그녀에게 보여주었다.

"음, 동부 왕국 마도련 제품이군. 상당히 고가인데……."

"고칠 수 있겠나?"

"이 정도 되는 마법 무구는 무리야."

이것을 고치려면 큰 도시에 가야 할 것 같았다. 성능이 대폭 하락하긴 했지만 아직 쓸 만했다.

일전에 잡은 검은 앞발 빅 베어가 생각났다. 사막에서 몬스터의 껍질을 벗기던 습관으로 어찌어찌 가죽을 벗길 수 있었다.

"호? 이건 깊은 숲에나 산다는 신수의 가죽이군. 상당히 고 가품이야. 가죽에 흠집도 전혀 없고."

흠집이 나면 저절로 아무는 신기한 가죽이었다. 나는 그런 옷이 필요했다.

"미안하지만 난 이것을 살 정도의 재력은 없어."

"걸칠 것이 필요하다."

여벌로 사놓은 옷이 있긴 했지만 얼마 버틸 수 없을 것 같았 다. 검에 베이고 찢어지는 것이 너무나 빨랐다.

"나에게 맡긴다고? 이 정도 되는 물건을?"

"대금은… 가죽의 일부분으로 괜찮겠나?"

"저, 정말 그래도 돼?"

셀린의 눈이 반짝반짝하게 빛나는 것 같았다. 흥분했는지 홍조까지 떠올라 있었다.

"그럼 부탁하지."

나는 고개를 끄덕이고 등을 돌렸다.

"최고의 작품을 만들어볼게! 나는 셀린. 당신 이름은? 아! 마도사에게는……."

"데이오스."

"뭐야? 쿨하잖아? 마음에 들었어, 잘생긴 마도사! 하하!"

셀린은 큰 미소를 그렸다. 여자답지 않은 시원한 미소가 그 럭저럭 보기 좋았다.

'특이한 여자로군.'

나는 몸을 돌려 상점 밖으로 나왔다. 시끄럽게 떠드는 용병들이 우글거렸다. 거칠게 짝이 없어 보이는 모습이었지만 나에게는 그저 새끼 고양이처럼 보였다.

"이얏!"

집회소 근처를 지날 때 사라의 목소리가 들렸다.

기합을 지르며 검을 휘두르고 있었다. 저물어가는 태양빛 아래에서 무척이나 열심히 수련을 하고 있었다.

'무엇을 위해서 저렇게 수련하는 건가? 그 시시껄렁한 꿈 때문에?'

나는 사라를 응시했다.

Information

이름:사라 레이어스

레벨:8[32.ㅁㅁ%]

칭호:풋내기 검사

성향:선

호감도:6ㅁ

근력:17　　민첩:23

내구:11　　매력:32

체력:14

[1ㅁ보다 낮은 능력치는 표기되지 않습니다.]

Skill

[T]기본 검술

기본적인 검술· 정통 형식의 기본형이다. 검사가 갖추어야 할 필수적인 요소 중 하나이다.

저번에 봤을 때보다 능력치가 향상된 것이 보이긴 했다. 그래도 풋내기는 풋내기였다. 코볼트 두세 마리도 버거운 그런 조무래기. 강하게 휘두르다 검을 놓치는 것이 보였다. 손바닥이 벗겨졌는지 사라는 인상을 찡그리며 손을 바라보았다.

"데이오스~"

나는 나를 발견하고는 손을 흔드는 그녀를 무시하며 오두막으로 향했다. 귀찮고 시끄러운 것은 사양이니까.

Chapter 10
검을 드는 이유

간간이 오두막을 손봐서 이제는 꽤나 살 만한 곳이 되었다. 문도 달아놓아 밖에서 먼지 따위가 들어오는 일은 없어졌다.

어두운 곳이 좋았다.

불을 피우지 않아도 상관없는 나에게는 집중할 수 있는 어두운 공간이 좋았다.

호흡법을 하며 마음을 차분하게 만들었다. 마력이 쌓이는 양은 더디긴 하지만 확실히 늘고 있다.

조금만 더 한다면 마법을 발현할 수 있을 것 같았다.

"데이오스! 있어요?"

나는 눈을 떴다. 문이 열리며 빛이 들어왔다.

"무슨 일이지?"

늘 그래 왔듯 사라였다. 사라는 커다란 바구니를 들고 왔다. 그 안에는 과일이나 빵 같은 음식이 들어 있었다. 빵은 프린이 만든 것일 테고, 과일은 앞마당에 있는 것을 딴 것 같았다.

"놓고 가라."

"뭐하는 거예요? 어두운 곳에서 음침하게."

나는 대답하지 않고 가만히 있었다.

"혼자 있으면 심심하지 않아요?"

"……."

"듣고 있는 거예요?"

듣고는 있었다.

사라는 다가와 내 앞에 쭈그려 앉았다. 나는 그녀를 잠시 바라보다가 자리에서 일어났다. 눈앞에서 웃고 있는 사라가 신경을 거슬렀다.

차분한 분위기가 깨진 것이 마음에 들지 않았다. 이렇게 되면 마법 숙련도를 올리기 위해서 필수적인 고도의 집중력이 발휘되지 않는다.

'오랜만에…….'

나는 오두막 구석에 있는 나무 꼬챙이를 들었다.

"어디 가요?"

"호수."

공터에서 조금 가다 보면 꽤나 큰 호수가 있었다. 사막과 거리가 얼마 되지 않지만 이 주위는 수자원이 꽤나 풍부한 것처럼 보였다.

덕분에 물 걱정, 음식 걱정은 하지 않아도 되었다.

"같이 가도 될까요?"

"훈련은?"

사라는 자신의 두 손을 펼쳐 보였다.

'요즘 무리를 하더니 꼴좋군.'

붕대가 감겨 있었다. 약간 불그스름한 것을 보아 상당한 출혈이 있었나 보다.

어차피 따라오지 말라고 해도 올 여자다.

내가 아무 말도 하지 않고 조용히 걷자 뒤에서 따라오더니 내 옆에서 나란히 걷기 시작했다.

"데이오스는 마도사인데도 검술이 강하던데, 원래 타고났나요?"

"…아직 강하다고 생각하지는 않는다."

내가 검술이 더 뛰어났더라면 사막 대장에게 그렇게 허무하게 밀리지는 않았을 것이다. 게다가 그 곰을 그렇게 죽이지도 않았겠지.

궁극적인 목적은 이 세계와 나의 관계에 대해 아는 것. 그러기 위해서는 더욱 강해져야 한다.

"대장님에게 져서 그래요? 에이, 대장님은 대륙 안에서도 무척이나 수준 높은 검사라구요. 마도사가 검으로 이기는 건 말이 안 되죠."

사막 대장의 검술은 최고가 아니라는 말로 들렸다. 수준 높은 검사이긴 하지만 최고가 아니다.

'조급해할 필요는 없겠지.'

나는 빠른 속도로 강해지고 있으니까. 지금에 이르러서는 사막 대장과 견주어도 손색이 없을 것 같았다.

공터를 지나쳐 조금 더 걷자 커다란 호수가 나타났다. 주위에 있던 짐승들이 내가 등장하자 모두 도망가 버렸다. 살집이 있는 놈들을 구워 먹는 것도 좋았지만 이곳의 물고기가 더 맛있었다.

지구의 물고기보다 조금 더 담백하고 부드러웠다.

"그걸로 잡을 건가요?"

나무 꼬챙이가 미덥지 않은 모양이다. 그저 길게 깎아놓은 것에 불과했으니까 말이다. 신발을 벗고 호수로 들어가 꼬챙이를 올렸다.

'감각.'

오감을 최대한 물 아래로 집중해 흐름을 읽었다.

팍!

힘을 주어 던진 꼬챙이가 물을 가르며 호수 밑바닥에 꽂혔다. 꼬챙이를 들어 올리자 내 몸의 반 정도 되는 물고기가 심하게 요동치며 그 모습을 드러냈다.

주먹을 쥐어 머리를 반쯤 박살 냈다.

"이 정도면 일주일은 먹을 수 있겠군."

대충 잡탕을 해서 먹는 것도 괜찮을 것 같았다.

갑작스럽게 하늘이 어두워졌다.

"비가 오겠어."

뚜둑— 쏴아아아!

예고도 없이 갑작스럽게 비가 쏟아져 내렸다.

"달려요!"

오두막으로 뛰기 시작한 사라를 보다가 물고기를 등에 메고는 발을 움직였다.

비가 싫지는 않았다. 오히려 좋았다. 하늘에서 내리는 맑은 물은 그 어떤 것보다 축복이라 생각되어졌다.

"뭐해요? 다 젖겠어요!"

나는 살짝 한숨을 내쉬며 뛰기 시작했다.

쏴아아아—

더욱 굵은 빗줄기가 지면을 강타했다. 그럼에도 사막에는 비 한 방울 내리지 않았다. 나무에 오르면 바로 사막이 보일 정도의 거리였지만 마치 다른 세계인 듯 기후가 완벽하게 달랐다.

파랗게 변한 입술로 부들부들 떨고 있는 사라가 눈에 보였다. 젖은 가죽 갑옷에서 물이 뚝뚝 떨어졌다.

구석에 있는 여벌옷을 그녀에게 던졌다. 그것을 받아 들고 멀뚱멀뚱 바라보기 시작했다.

"입어라."

"고마워요."

물고기를 손질해 놓는 것이 좋을 것 같았다. 방을 나와 눕혀 놓은 물고기 쪽으로 다가갔다. 부엌이라 부를 수 있는 이곳도 공사가 확실히 되어 있어 물이 침입하지 않았다.

Information

[一]파도 물결 물고기

호수에 사는 물고기. 맑고 깊은 호수에서만 살아 내륙 쪽에서는 최고의 음식 재료로 취급되고 있다.

충분히 최고라 부를 만했다.

배를 따서 내장을 발라내고 비늘을 벗겼다. 손톱만 한 비늘은 푸른 파도처럼 일렁거려 꽤나 보기 좋았다.

뼈와 살을 바른 다음 일정 부분을 떼어냈다. 남은 부분은 모두 가방에 넣었다.

이곳에 방치하는 것보다 가방에 넣는 편이 더 위생에 좋았기 때문이다.

"도와줄까요?"

"빨리도 물어보는군."

그 자리에서 대충 구워 향신료를 뿌렸다. 그것만으로도 충분히 훌륭한 음식이 되었다.

사라를 바라보았다. 가죽 갑옷을 벗고 있는 모습은 처음 보는 것이다. 상대적으로 펑퍼짐한 옷이지만 몸의 굴곡이 보였다.

'선머슴 같은 녀석이긴 하지만… 여자는 여자로군.'

나는 피식 웃으며 고개를 설레설레 내저었다.

"왜 웃어요?"

"갑옷보다 어울리는군."

"네?"

내가 바라보자 그녀의 얼굴이 점점 붉어졌다. 바보처럼 느껴지는 저런 갑옷보다 확실히 보기는 좋았다.

"고, 고마워요."

사라의 목소리가 기어들어 갔다. 구운 물고기를 용기에 담아 방 안으로 가지고 들어왔다.

"의외로 부드럽네요."

"잘 구웠으니까."

"물고기 이야기가 아닌데……."

사라는 나를 바라보았다. 살짝 묘한 분위기가 흘렀다. 이런 분위기, 거북하다.

나는 침묵을 깨며 입을 떼었다.

"그렇게까지 훈련하는 이유라도 있나? 시시껄렁한 꿈 때문만은 아닌 것 같은데."

"알고 있으니까요. 강하지 못하면… 당해 버린다는 걸."

평소의 그녀답지 않게 가라앉은 목소리가 들렸다. 표정 또한 힘이 없어 보였다.

번개가 치고 비가 오기 때문인가? 그것만은 아닌 것 같았다.

“미안해요. 예전 생각이 나서.”

“궁금하군.”

사라는 잠시 침묵을 지키다가 입을 떼었다.

“프린을 구한 데이오스라면 말해줘도 괜찮겠죠. 원래 저는… 프린의 친언니가 아니에요.”

프린과 사라가 친자매가 아니라는 것은 이미 알고 있었다. 정보창에서 본 성이 완벽하게 다르기 때문이다.

“할아버지가 절 구해줬어요. 불타오르는 마을 속에서. 그리고 절 양녀로 삼았죠. 그때 프린을 처음 봤어요.”

“프린?”

사라는 고개를 끄덕였다.

“처음에 만났을 때, 저보고 울면서 미안하다고 했어요. 그렇게 어린데, 자신의 입으로 자기를 역귀라고 하더군요. 불행을 몰고 온다고.”

잠시 침묵이 흘렀다.

“자신 때문에 마을이 그렇게 됐다고, 자살하려고 했어요. 잘은 모르겠지만 아마 무슨 이유가 있었던 것 같아요.”

“프린을 원망하나?”

충분히 프린이 원망의 대상이 될 수 있었다. 불행한 일이 닥치면 인간은 늘 누군가를 원망하고 싶어하니까.

“아니요. 프린이 무슨 잘못이 있겠어요. 원망해야 하는 것은 가족을 죽인 원수겠죠.”

하지만 그 당시 어느 정도는 원망하고 있었을 것 같다는 생각이 들었다.

"자살 시도 이후, 할아버지가 프린의 기억을 지웠어요."

기억을 지웠다는 부분에서 안심이 되었다.

"지금 프린은 저를 친언니로 알고 있어요. 프린에게는 비밀이에요."

나는 고개를 끄덕였다.

"저는 강해져서 제 가족을 죽인 원수를 찾아내고 말 거예요. 그러기 위해서 지금은……."

소설에나 등장할 법한 이유다. 복수를 위해 수련하는 검사, 부모를 죽인 원수를 찾아 떠나는 검사.

"데이오스는… 어쩌다 마도사가 된 거예요?"

"모르겠군."

"저는 이야기해 줬는데 치사한 거 아니에요?"

"이야기해 주어봤자 네 두뇌로는 이해 불가능이다."

사라가 인상을 찡그렸다.

"쳇, 역시 재수없어."

나무로 만든 컵에 따듯한 물을 따라주었다. 잠시 날 멀뚱멀뚱 바라보더니 컵을 받아 들었다.

"비가 그치면 돌아가라."

"싫어요."

"정말 고집불통이군."

"제 유일한 장점이기도 하죠."

나는 작게 한숨을 쉬었다. 빗줄기는 더욱더 세차졌다. 오늘 안으로 그칠 것 같지는 않았다.

"오늘은 왠지 친절하네요?"

"기분 탓이겠지."

"처음엔 죽도록 싫었는데 지금은 모르겠네요. 으응, 좀 잘게요."

자리에 그대로 누워버리는 사라를 보자 골이 지끈거림에도 살짝 웃음이 새어 나왔다. 그렇게 누운 지 얼마 되지 않아 규칙적인 숨소리가 들려왔다. 깊게 잠에 빠진 것 같았다.

'대책없군.'

겨우 차분해졌다.

그렇게 생각하며 나는 어둠의 서를 꺼내 들었다. 호흡법을 하면 딱히 잠을 자지 않아도 괜찮으니 종종 호흡법을 하며 어둠의 서를 읽곤 했다.

마법 지식을 높이기 위해서였다. 매일 읽다 보니 숙련도가 조금씩 오르는 것이 보였다. 외우지 않더라도 스킬 업데이트가 된다면 자동적으로 습득될 것이다. 그것이 내가 가진 날카로운 무기이다.

"데이오스, 있는가?"

오두막 입구를 가려놓았던 천을 열고 제란 영감이 들어왔다.

"이런, 연구 중이었나?"

"아닙니다."

나는 어둠의 서를 닫고 가방에 넣었다. 제란 영감은 약초와

약병이 담긴 구급상자를 오두막 구석에 잘 내려놓았다. 사라 때문에 가지고 온 것 같았다.

"걱정시켜 놓고 잘도 자는군."

제란 영감은 잠들어 있는 사라를 착잡한 눈으로 바라보았다. 나는 오두막의 문을 닫고 내리는 비를 바라보며 문 앞에 앉았다.

"장마가 시작되려나 보군."

나는 고개를 끄덕였다.

"사라 때문에 오신 겁니까?"

"걱정하지 않는다면… 거짓말이겠지. 자네도 남자이지 않나."

쓸데없는 걱정이라 생각했다. 잠시 침묵이 자리 잡았다.

"크, 크흠. 거참, 농담이 안 통하는 친구로군."

"프린의 친언니가 아니라고 들었습니다만……."

"들은 건가?"

내가 고개를 끄덕이자 제란 영감은 살짝 신음성을 내었다.

"혹 그녀의 외모가 프린과 닮아서 거든……."

"아니네. 사라 역시 내 손녀야."

확고한 의지가 느껴지는 목소리에 나는 말하는 것을 멈췄다. 나는 제란 영감의 깊은 눈을 응시했다. 정직하면서도 맑은 눈은 마치 별을 보는 것 같았다.

"이 마을에는 정기적으로 코볼트가 몰려온다고 들었습니다만……."

"코볼트 웨이브…… 그래, 그런 이름으로 불리고 있지."

코볼트 웨이브. 본 적은 없지만 그 광경이 어떨지 상상이 가는 명칭이다. 나는 잠시 침묵을 지키다 입을 떼었다.

"무엇입니까? 이 마을에 온 이유가."

궁금했다. 만약 코볼트 웨이브가 이들이 오기 전에 존재했다면 분명 이 마을은 흔적도 없을 것이다. 몬스터가 종종 출현하고 살기 힘든 마을이라고 했지 폐허라고는 하지 않았다. 그렇다면 이들이 오고 난 후에 코볼트 웨이브가 시작되었다는 말이다.

무언가 있다.

'제란 영감과 사막 대장이 숨기고 있는 것.'

그것이 궁금했다. 제란 영감은 입을 다물고 침묵을 지켰다.

"단순한 궁금증입니다. 곤란하다면 말씀하지 않으셔도 됩니다."

"미안하네."

내가 고개를 끄덕이고 나서야 제란 영감은 굳은 표정을 풀었다. 더 이상 물어보지 않는 것이 좋을 것 같았다.

"마법 연구는 잘 되어가나?"

화제를 바꾸기 위해서인지 제란 영감이 먼저 물었다.

"발전이 있기는 합니다."

"부럽군. 난 한계인가 보네. 결국 내 재능은 여기까지인 것 같군."

예전에 제란 영감네 집에 있는 책을 훑어본 적이 있다. 그때 마법사에 관한 것을 읽은 것이 생각났다. 마법사라는 것은 생각보다 복잡했다. 일단 서클 마법을 기본으로 입문해서 발전된 속성을 부여받게 되는데 그 속성에 따라 상, 하위가 나뉘게 된다.

최상위 속성이 바로 빛과 어둠. 이것을 지니고 태어난 자는 무척이나 회귀해서 문헌에서만 찾아볼 수 있다고 한다. 그 밑으로 화(火), 수(水), 풍(風), 지(地) 같은 대표적인 자연 속성을 상위로 치고 중위 속성과 하위 속성은 상위에 포함된 속성이다.

이를 테면 상위 속성이 지(地)라면 금(金)은 그 밑에 놓이는 중위 속성이 되는 형식이다.

속성은 타고난 자만이 지니고 태어나는 것이었다.

마법사라 하더라도 그 자질은 모두 다르며 속성을 부여받은 마법사야말로 마도사라 불리게 된다는 것이다. 서클 마법을 병행할 수 있는 데다가 그 속성 위력이 터무니없는 위력을 발휘한다.

하지만 마법사 대부분이 무속성이었는데, 이들은 모두 정통적인 서클 마법을 사용하고 있다. 3서클 이상만이 마법사라 불리고 그 밑은 술법사 내지는 마법학사로 불렸다.

나는 서클 마법을 배우지는 않았지만 어둠 속성이었기에 충분히 마도사라 불릴 만했다. 마법 발현은 아직 힘들지만 말이다.

'음, 예비 마도사 정도로 해두자.'

제란 영감을 바라보았다. 미소 짓고 있는 제란 영감은 인자
한 할아버지 느낌이 강했다.

강한 사람이다. 레벨 또한 무척이나 높았다.

보통 사람이 아니라는 것은 이미 느끼고 있었다.

Status

이름:제란 데오 슬레어

레벨:29[12.11%]

칭호: 마법학사, 빛의 신관

성향:선

호감도:67

근력:22   민첩:29

체력:21   내구:22

지능:89   지혜:81

매력:22   통솔:49

[19보다 낮은 능력치는 표기되지 않습니다.]

Skill

[[—]4서클 마스터

수준 높은 4서클 마법을 자유자재로 구사할 수 있다. 무속성이기 때문에 강력한 공격력은 기대하기 어렵지만 상성에 제한이 없다.

Skill

[D]고급 치료술

높은 수준의 치료술. 마법과 병행하여 운용한다면 일시적으로 두 랭크 이상 상승한다.

대단한 수준의 스탯이라 생각했다.

'사막 대장은 아마 지금의 나와 비슷하거나 조금 높겠지.'

내가 제란 영감을 존중하고 있는 이유는 나를 치료해 준 것도 있지만 이 사람은 충분히 그럴 자격을 지녔기 때문이다.

"그럼 이만 가보겠네. 사라에게는… 내가 왔다고 말하지 말게."

나는 살짝 고개를 끄덕였다. 비가 떨어지는 밤하늘 아래에서 제란 영감의 모습이 서서히 사라져 갔다. 그 뒷모습이 무척이나 힘들어 보이는 것은 왜일까?

밤이 깊었다.

진실을 알기 위해서는 대륙을 여행하는 것이 좋았다. 큰 도시에 가보고 모든 자료를 탐독해야 한다. 난 단지 사막 대장을 꺾기 위해서 이곳에 머무는 것인가? 아직 충분히 강해지지 않았기 때문일까?

'나도… 날 모르겠군.'

헛웃음이 그려졌다. 고개를 내젓고는 조용히 눈을 감았다.

Chapter 11
볼틴 상단

　침묵의 사막이 맞닿아 있는 교역로는 쥬신 제국으로 통하는 가장 빠른 길이었다. 동부 왕국연맹 회원국 중 하나인 포트만 왕국의 최대 항구도시 레이톤과 직선거리에 놓여 있었고, 험난한 산맥을 넘지 않아도 되는 가장 가까운 길이었기에 위험을 부담할 충분한 가치가 있었다.

　특히 보존 기술을 보유하지 못한 중소 규모 상단에게는 도전해 봄 직한 교역로이기도 했다.

　"덥다, 더워!"

　뱃살이 출렁거리다 못해 넘쳐흘렀다. 큰 얼굴에 눈이 거의 보이지도 않았고, 두툼한 큰 입술이 유난히 돋보였다. 그는 쥬신 제국 준남작가의 장남이었지만 계승 작위라 부친이 죽은 이후 평민과 다를 바 없는 신분이 되었다.

"흥."

하지만 스스로를 고귀한 핏줄이라 생각하는 그에게는 이해 불가능한 말이었다. 준남작가이긴 하지만 상단을 통해 얻게 된 부는 제법 되었다. 작위는 계승되지 않았지만 상단을 물려받아 지금은 그가 상단을 책임지고 있었다.

"돈이 필요해! 돈이!!"

자신을 경멸스럽게 바라보는 남작가의 자식 놈들이 저주스러웠다. 자신과 다른 게 있다면 바로 막대한 돈. 그것이었다. 돈만 있다면 아버지가 준남작에서 머물 이유가 없었을 것이라 늘 생각했다.

"볼틴님, 곧 도착합니다."

볼틴은 인상을 구긴 채 밖을 바라보았다. 사막의 전문 용병들이 모인 마을. 척박한 환경을 이겨내는 자들만이 모였다고 소문난 그곳은 사막을 지나가는 상인들에게 있어 오아시스나 다름없었다.

"젠장. 빌어먹을 돼지 놈. 준남작님의 자식만 아니었어도 저런 녀석은……."

"누가 아니래? 마차 때문에 사 일이면 갈 거리를 일주일 넘게 지체하고 있으니……."

그나마 남아 있는 상단 소속 병사들이 그렇게 투덜거렸다. 전대 상단주를 전적으로 따르던 이들은 후계가 확정되었어도 남은 사람들이었다. 대부분이 떠났지만 전대와의 의리 때문에 남아 있는 것이었다.

그것도 언제까지 갈지 의문이었다.

"드디어 다 왔다."

"전보다 훌륭해졌군."

제법 그럴듯한 성벽도 있고 문을 지키는 용병들의 무장 상태도 훌륭했다. 하급으로 보이지만 보급은 제대로 되는 모양이었다.

"볼틴 상단입니다. 거래 때문에 찾아왔습니다."

"음? 오랜만이군요, 사토님."

"자네는… 커그 아닌가? 아직도 이곳에 있다니……."

"질기게도 살아남았지요."

커그가 웃으며 반기자 사토는 고개를 끄덕이며 커그의 어깨에 손을 얹었다.

"볼틴님을 모셔왔네."

"저분이… 준남작님의 직계시군요."

"가이터스님을 만나 뵐 수 있겠나?"

"일단 들어가시지요."

커그가 손짓하자 창살문이 느리게 열렸다. 사토가 선두에 서서 상단 무리를 마을로 이끌었다. 마을 분위기는 전에 왔을 때보다 더 밝아 보였다.

일 년에 몇 번씩 코볼트 웨이브가 오는 마을이라고는 생각되지 않을 정도였다.

"빌어먹을! 덥잖아! 얼음물 가져와!"

"볼틴님, 고정하시지요. 지금은 거래가 우선입니다."

"사토 아저씨, 이런 더러운 마을에 뭐가 있다고……!"

사토가 차분하게 바라보며 웃자 볼틴은 인상을 구기며 마차 안으로 들어갔다.

코볼트 웨이브가 시작되면 이 교역로는 닫히기 때문에 그 시기가 한 달 정도 남은 이때가 가장 많은 이윤을 남길 수 있는 때였다. 사토는 10년이 넘는 시간 동안 준남작을 보필하면서 상단을 발전시킨 중요 인물이었다.

그 역시 의리 때문에 남아 있는 인물 중 하나였다.

'가이터스, 과연 대단하군.'

존경할 수 있는 몇 안 되는 검사였다. 볼틴을 달래며 겨우 집회소 안으로 들어섰다. 기별을 넣고 잠시 기다리자 가이터스의 집무실로 안내받을 수 있었다.

"오랜만이군, 사토."

"네. 2년 만인 것 같습니다, 가이터스님."

"저분은?"

"준남작님의 아드님이십니다. 최근에 상단을 잇게 되셨지요."

"반갑군. 볼틴 모드레스라 한다."

거만하게 팔짱을 끼며 말하는 볼틴을 보며 가이터스는 입꼬리를 올렸다. 명백한 비웃음이었다.

"모드레스라니, 그 성은 없어진 것으로 아는데?"

"무, 무엄하다! 어느 안전이라고. 용병 따위가!"

"볼틴님, 말조심하십시오."

“하지만……!”

사토가 화난 얼굴을 숨기지 않고 노려보자 볼틴은 찔끔거리며 주춤거렸다.

“죄송합니다, 가이터스님.”

“자네도 힘들겠어. 용맹스러운 기사였던 자네가 모드레스의 수하가 되었다고 했을 때는 믿지 않았는데…….”

“그분에게는 큰 은혜를 입었습니다. 게다가 가이터스님도 용병을 하시고 계시지 않습니까?”

“자네나 나나 비슷한 처지군. 모드레스라……. 몇 안 되는 훌륭한 귀족이었지. 자식은 아닌 것 같지만.”

가이터스는 노골적으로 볼틴을 노려보았다. 가이터스의 기백은 볼틴 같은 애송이가 감당할 것이 아니었다. 오줌을 지리지 않은 것만으로도 감사해야 할 정도였다.

“거래 때문인가?”

“네. 전문가가 몇 필요합니다.”

“음, 전문가와 호위를 붙여주도록 하지. 대금은 카운터에 지불하도록 하게.”

똑똑―

“대장님? 아, 죄송합니다.”

문을 열고 사라가 들어왔다가 손님이 있는 것을 보고 주춤거렸다. 가이터스는 손을 올려 괜찮다는 의사를 표시했다.

볼틴은 사라가 들어오자 눈을 크게 뜨고 바라보았다. 건강미가 넘치는 금발의 미인. 두툼한 가죽 갑옷을 입어 몸매를 볼 수는 없었지만 분명 나쁘지 않을 것 같았다.

신분은 용병. 쉽게 볼 수 있는 상대다.

'돈만 있으면 달라붙는 것이 용병 여자들 아닌가? 흐흐.'

가이터스는 그런 볼틴의 변화를 알아챘다.

"사라, 실전 경험을 해보는 것이 어떤가?"

"시, 실전이요?"

"자네 정도 실력이라면 도움이 될 걸세."

"정말입니까? 제가 임무를……?"

가이터스가 고개를 끄덕이며 사토를 바라보았다.

"그녀는 괜찮은 수준의 검사네. 도움이 될 걸세. 밖에서 기다리도록 하게."

"그럼……."

사토는 살짝 목례를 하고 밖으로 나왔다. 사라를 훑어보던 볼틴은 흘러나오는 침을 닦으며 사토를 뒤따라갔다.

"최근에 데이오스와 자주 어울리더군."

"네? 아, 어울리는 게 아니라… 빚을 져서……."

"거미 때문인가?"

가이터스가 묻자 사라는 작게 고개를 끄덕였다.

"자네가 권유해서 거미를 판 것은 알고 있네. 하지만 자네가 그것을 부담할 필요는 없어. 원한다면 내가 데이오스에게 말해보도록 하지."

"아, 아닙니다, 대장님."

데이오스와 가이터스가 만나면 분위기가 꽤나 험악할 것이다. 자신이 진 것을 매우 분해하는 괴상한 마도사라면 분명 가이터스를 곤란하게 만들 수도 있다.

　게다가 최근의 데이오스는 그렇게 싫지 않았다.

　'오히려……'

　살짝 붉어진 얼굴을 애써 감추었다.

　"부당하다고 생각되면 언제든 나에게 말하도록 하게. 자네는 내 대원이기 이전에 내 제자니."

　"감사합니다."

　"일단 명령을 기다리게. 좋은 선임 용병들을 붙여줄 테니 걱정하지 말고."

　"네!"

　사라가 크게 인사를 하며 나가자 가이터스의 입가에 미소가 떠올랐다.

　"하긴, 그럴 나이지."

　미소를 지운 가이터스의 얼굴은 차갑게까지 느껴졌다.

＊　　　＊　　　＊

　바람이 선선해서 기분이 좋았다.

　휘익─!

　바람을 베어버리듯 힘을 주어 허공을 갈랐다. 빠르게 사선으로 베고 허리를 비틀어 휘둘렀다.

　"좋군."

크기에 비해서 무거운 편이었지만 나는 그 점이 마음에 들었다. 검을 두 손으로 잡고 앞으로 내밀었다. 심호흡을 하며 감았던 눈을 떴다.

"흡!"

휘이익!

검술에 흐름이 있다는 것을 최근에 깨달았다. 그 흐름에 따라 베고 찌르고 찍는 동작을 이어서 반복하기 시작했다. 리듬을 타기 시작한 검은 점점 그 속도가 빨라지기 시작했다.

근육이 파열될 듯 팽창했다. 심장이 세차게 두근거릴 때쯤, 뭉쳐 있던 마나가 혈관을 타고 전신에 공급되기 시작했다.

파앙!

강하게 바닥을 찍었다. 대지가 직선으로 길게 갈라졌다. 나는 숨을 고르며 검을 들었다. 흠집조차 없는 롱소드가 너무나도 마음에 들었다. 날을 갈 필요도 없고, 내구성을 걱정할 필요도 없다.

그야말로 나에게 딱 맞는 검이다.

"데이오스!"

뒤를 돌아보았다.

"너로군."

"아름다운 미녀가 찾아왔는데 뭐예요, 그 반응은?"

"누가? 네가? 농담이 지나쳐. 차라리 코볼트가 더 예쁘겠다."

보통이라면 발끈하면서 덤비는 패턴이었는데 지금은 미심

쩍은 미소만 지을 뿐 별 반응이 없었다. 기분 좋은 일이라도 있는 것 같았다.

"너그러운 제가 이해해 드려야죠."

"다른 할 말이라도?"

롱소드를 검집에 넣었다.

"이번에 호위 작전에 나가게 됐어요."

"호위?"

"대장님도 드디어 제 실력을 인정해 주신 거예요."

확실히 사라는 사막 대장 직속에 위치한 용병이긴 했지만 견습에 불과했다. 보통 용병만큼의 실력은 되는 것 같았지만 사막 대장이 아끼고 있다는 느낌을 받았다.

사막 대장 가이터스의 얼굴이 떠오르자 절로 인상이 찌푸려졌다. 나에게 있어서 가이터스는 마을을 떠나기 전에 무참하게 꺾어버릴 건방진 존재에 지나지 않았다.

게다가 사라가 그 녀석을 대하는 태도가 영 마음에 들지 않았다.

"그 실력으로?"

"제 실력이 뭐가 어때서요?"

허리에 손을 얹고는 가슴을 펴며 말하는 사라가 눈에 들어왔다.

'이 여자가 검을 들고 싸운다라······.'

금방 죽어버릴 것 같아 조금 불안해졌다.

'음? 불안하다고? 웃기는 소리다.'

시선을 돌렸다.

나가서 어떻게 되든 말든 내가 상관할 바가 아니다.

'호위 따위를 하는 것이 저렇게 즐거운가?'

조금씩 짜증이 몰려옴을 느꼈다.

"운이 좋다면 불구 정도로 끝나겠지."

"해줄 말은 그것뿐이에요?"

"묘비에 꽃은 올려주마."

용병들의 실력으로 대규모의 코볼트 무리를 만나게 된다면 확실히 전멸당할 것이다. 하지만 대규모 토벌 작전도 아니고 호위 정도니 그럴 일은 없겠지.

나는 그렇게 생각하며 등을 돌렸다.

'검술 수련은 오늘은 됐고, 마법을 본격적으로 파야겠어.'

나는 오두막으로 걸어갔다.

사라가 뒤에 따라오더니 내 어깨를 잡았다. 내가 고개를 돌려 사라를 바라보았다.

"뭐하자는 거지?"

"데이오스는, 제가 죽어도 아무렇지도 않겠죠?"

"쓸데없는 소리 하고 있군."

죽음이란 단어가 울려 퍼졌을 때 심장이 꽉 막힌 듯 답답해졌다.

"그렇겠죠?"

"……"

입술을 떼려다 닫았다.

“흥, 수고하란 말 한마디 해주면 어디 덧나요?”

어깨에 올라온 그녀의 손이 힘없이 내려갔다. 사라의 고개가 숙여진 것이 보였다.

‘어떤 말을…….’

사라는 힘있게 고개를 올렸다. 밝은 미소가 걸려 있었다.

“후후, 역시 제가 괜한 걸 바랐네요. 한 일주일은 걸릴 거래요. 그럼 가볼게요.”

잠시 그 자리에 서서 그녀가 사라지는 것을 바라보았다. 나는 살짝 한숨을 내쉬었다.

왜인지 모르게 상당히 기분이 좋지 않았다. 사라를 만나면 꺼려질 정도로 감정의 기복이 심해졌다.

이것이 수련하는 데 있어 좋지 않다는 것은 확실하다.

‘수련하자. 집중해서.’

오두막에 앉아 어둠의 각인에 대해 연구하기 시작했다. 내 심장에 쌓여 있는 것은 아무것도 섞여 있지 않은 순수한 마나 같았다.

‘이것으로는 기초적인 암흑 마법의 발현도 불가능하다.’

암흑 마법은 암흑 마기를 요구했으니까.

나는 조용히 눈을 감고 집중하기 시작했다. 암흑 속성의 마나. 나는 그것의 느낌을 알고 있다. 차갑고 어두운 깊은 곳에서 끓어오르는 느낌. 무겁고 침침한 파괴적인 감각.

두근—!

심장 속의 작은 마나가 요동치기 시작했다. 조금씩 그 속성을 달리한다. 심장이 마치 지옥 불처럼 영원히 불타오를 것만 같았다. 화끈한 무언가가 혈관 속을 질주하기 시작했다.

레벨이 올랐습니다.

스킬 정보가 업데이트되었습니다.

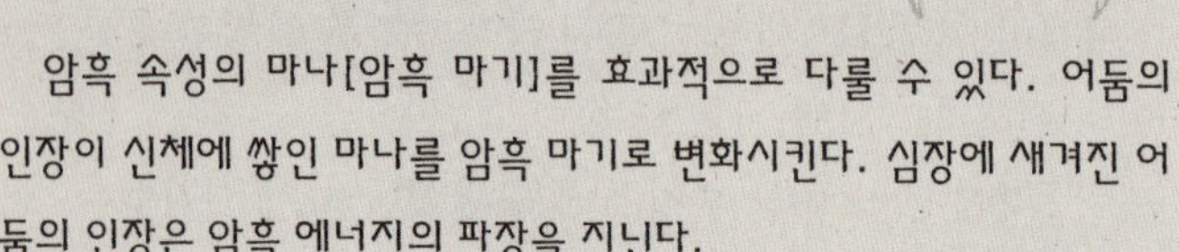

Skill

[E—]어둠의 인장—ㅁ.ㅁㅁ%

암흑 속성의 마나[암흑 마기]를 효과적으로 다룰 수 있다. 어둠의 인장이 신체에 쌓인 마나를 암흑 마기로 변화시킨다. 심장에 새겨진 어둠의 인장은 암흑 에너지의 파장을 지닌다.

심장이 마치 검게 물드는 것 같았다. 손을 들어보았다. 심장으로부터 뿜어져 나간 암흑 마기가 손까지 뻗어가 일렁이기 시작했다. 미지의 에너지. 나를 강하게 만들어줄 힘이었다.

작지만 검은 기류를 흘리고 있는 손.

바닥에 손을 올려놓아 보았다.

지이익—

마치 찰흙처럼 나무가 쑤욱 들어갔다. 손바닥 모양이 선명하게 새겨졌다.

"마법?"

아니, 이것은 순수한 암흑 에너지일 뿐이다. 가공되지 않은 극소량의 에너지가 이 정도의 힘을 발휘하고 있는 것이다. 나는 암흑 마법의 파괴력에 대한 생각을 전반적으로 수정해야 할 필요성을 느꼈다. 생각보다 파괴력이 엄청날 것 같았다.

"마법을 발현한다면……?"

그 규모가 상상이 되지 않았다.

'미리 흥분하지 말자.'

나는 생각하는 것을 그만두고 오랜만에 정보창을 열어 포인트를 투자했다.

Status

이름:데이오스

레벨:29[13.20%]

칭호:수상한 마도사

근력:75   민첩:59

체력:62   내구:55

지능:36   지혜:15

매력:35

Point:口

보유 마력:3ΠP

[1口보다 낮은 능력치는 표기되지 않습니다.]

마을에 살면서 레벨 2가 올랐다. 이제는 몬스터를 잡는다고 해도 잘 오를 것 같지 않았다. 중형급 이상이 아니고서는 사냥을 통한 레벨 업은 요원해 보였다.

"마력이라……."

MP라는 단위의 '보유 마력'이라는 것이 생겼다. 마력의 단위인 것 같았다.

'내가 여태까지 모은 양이 3MP라는 거군.'

분명 많은 양은 아닐 것이다. 희미하게 느껴질 정도의 양이었으니 말이다. 보유 마력 말고도 지혜라는 스탯이 생겼다. 특별히 신경 쓸 만한 것은 아니었다.

신경 쓰이는 것은 없다.

없을 것이다.

* * *

마을에 돌아온 사라는 곧바로 장비를 점검한 다음 떠날 준비를 하는 용병 무리에 합류했다.

"오? 사라, 너도 가는 건가?"

우락부락한 덩치의 사내가 웃으며 그렇게 말했다.

"무서워지면 확실히 이 오빠에게 기대라구. 하하하!"

"흥, 당신 같은 아저씨에게 누가?"

"하하하! 사라, 저래 보여도 카코는 아직 이십대 초반이라고."

"이, 이십대? 전혀 몰랐어."

동료의 말에 카코의 얼굴이 벌겋게 변했다. 이내 헛기침을 하며 분위기를 수습하려 했다.

"근데 부장님, 호위할 상단은요?"

사라는 카코의 옆에 서 있는 남자에게 물었다. 카코보다는 작은 체구지만 탄탄한 근육 때문인지 오히려 카코보다 더 강인하다는 인상을 주었다.

"저기 있지 않는가?"

그가 가리킨 곳에 무리 지어 서 있는 사람들이 보였다. 상단 소속 병사들도 보였고, 말이 이끄는 수레도 보였다.

대체적으로 다리가 길고 배에 큰 혹이 나 있는 말이었다. 척박한 환경에서도 평탄한 이동 속도를 보여주는 품종이다.

"뭐야, 저건?"

사라가 보기에도 지나치게 화려한 구석이 있었다. 화려하게 치장된 표면에 그려진 마법진은 보통 마차가 아니라는 것을 알려주었다.

"굉장한 마차로군요. 근데……."

부장은 고개를 끄덕였다.

"아무래도 느리겠군."

굉장히 무거워 보이는 마차였다. 이것저것 덕지덕지 붙인 마차는 아무리 사막마가 끌더라도 무리가 있을 법해 보였다.

살짝 굳어 있는 사라의 얼굴이 들어오자 부장은 부드러운 웃음을 지었다.

"괜찮다. 이번 달까지는 안전한 기간이야."

부장과 사라 근처로 다가오는 사람이 보였다.

"남부 초원지대까지의 호위이니 그리 오래 걸리진 않을 거다."

코볼트들의 활동 범위 밖이니 딱히 위험할 것도 없다고 생각했다.

마차 안에서 고도 비만으로 보이는 남자 하나가 내렸다. 땀을 뻘뻘 흘리고 있어 그리 보기 좋은 모습은 아니었다. 사라도 대장의 집무실에서 마주친 적이 있는 자였다.

"얼마 전에 상단의 후계를 이어받은 녀석이라더군. 아버지가 쥬신 제국의 준남작이었다 하는데, 준남작은 작위가 계승되지 않으니 지금은 그냥 재벌 상인 수준이라 보면 돼."

부장의 말에 커그가 한숨을 내쉬었다.

"자부심이 장난 아니겠는데요?"

"이런 마을을 유지하기 위해선 자금이 필수적이다. 전투 자원을 더 늘리기 위해서는."

대륙 각지에서 신입 용병들이 몰려와 부피가 날로 커져 갔지만 그만큼 죽어나가기도 했다. 지금에 이르러서는 용병의 무덤이라는 이름까지 얻은 상태.

하급 용병을 벗어나게 되면 바로 마을을 떠버리는 경우가 허다했다. 그랬기에 사막 용병연합회라는 것은 외부에서 보고 있으면 단단해 보일지 몰라도 실상 안은 너무나도 부서지기 쉬운 구조였다.

서로 목적을 위해 계약한 관계. 단지 그뿐이었다. 용병연합회가 보는 하급 용병들은 그저 소비품이었다.

하급 용병으로서는 만져볼 수도 없는 돈과 랭크 상승 기회가 이곳을 무덤임과 동시에 기회의 땅으로 불리게 만들었다.

"젠장! 덥잖아? 이런 곳에서 산단 말이야? 돼지우리가 따로 없군."

목소리에서조차 살집이 느껴졌다. 고급스러운 하얀 비단으로 만든 복장에는 땀이 흥건했다. 고개를 돌리던 그의 눈에 사라의 모습이 비쳤다.

살이 비치는 천에 얇은 가죽 갑옷을 덧입은 금발의 여인. 확실히 이런 마을에서 볼 만한 미모는 아니었다.

"흥, 천박해 보이는 것이 첩으로는 쓸 만하겠어."

사라의 귀에까지 들렸다. 사라가 그를 향해 뭐라 외치려고 할 때 부장이 어깨를 잡아 말렸다.

"저, 저게……!"

"무시해라. 자기가 아직 귀족인 줄 아는 놈이다."

부장의 말에 사라는 흥분을 겨우 가라앉혔다.

"쯧쯧, 출발해!"

그렇게 혀를 차더니 다시 마차 안으로 들어갔다. 상단이 이동하기 시작하자 부장은 인원의 장비와 물품들을 점검하고는 입을 떼었다.

"우리도 이동한다."

부장을 선두로 해서 열이 넘는 용병이 상단 뒤를 따라가기 시작했다.

Chapter 12
코볼트 웨이브

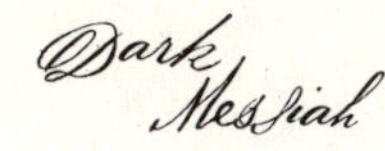

해가 지고 밤이 되어도 나는 멈추지 않았다. 잡념을 지우기 위해 더욱 집중하기 시작했다.

'이 마력 양이라면……'

기초적인 운용 방법과 흐름은 이미 알고 있다. 본격적으로 마법을 구현해 볼 때다. 오두막을 나와 숲을 바라보았다.

'이제 문제는 컨트롤이라는 거겠지.'

공식이 있기는 하지만 꽉 막힌 틀은 없었다. 시전자의 특색에 맞게 응용해서 운용할 수 있는 것 같았다. 손을 뻗어보았다.

심장에서 뿜어져 나간 암흑 마기가 손바닥에 모이기 시작했다.

‘검······.’

날카로운 칼처럼 다듬는다.

조금 더 얇게, 그리고 길고 날카롭게.

내 의지로 그렇게 만들고 있는 것이다. 심장이 터질 것처럼 뛸 때 손바닥을 바닥에 찍었다.

치지지지! 파악!

스파크가 일어나며 정면에 칼 모양의 어두운 기류가 바닥에서부터 솟구쳤다.

“성공이군.”

칼날에 닿은 부분은 모조리 소멸되기 시작했다. 내가 상상했던 공격력이라는 것의 범위를 아득히 초월해 버리는 모습이었다. 보는 것만으로 절로 두려움을 불러일으켰다.

‘과연, 이것이 터지기라도 한다면······.’

마력을 더 집중시키면 터뜨릴 수도 있을 것 같지만 그만두었다. 그 폭발력이 어느 정도일지 예상이 되지 않았다. 마력 공급이 사라지자 어둠의 칼날은 조용히 사라졌다.

“후우! 후우!”

숨이 가빠왔다. 심장이 칼로 찢어버린 것처럼 고통이 밀려왔다. 텅 비어버린 심장이 공기가 빠진 것처럼 느껴지기까지 했다. 그 공허함은 고통보다도 더 감당하기 힘들었다. 그 자리에 앉아 호흡법으로 마력을 충당하기 시작했다.

스킬 정보가 업데이트되었습니다.

Skill

[T]암흑 흡입—ㅁㅁ.ㅁㅁ%

호흡법이 발전된 형태. 두 배가량 빨리 마력을 축적할 수 있다. 암흑 마기 운용 능력이 상승한다.

Skill

[T]기본 암흑 마법—ㅁ.ㅁㅁ%

기본적인 암흑 마법을 사용할 수 있다. 암흑 마기를 효과적으로 가공할 수 있는 정도의 능력. 기본적인 서클 마법과 병행이 가능하지만 보조, 치유 계열 능력이 크게 반감되는 대신 파괴력은 비약적으로 오른다.

이제야 마법에 대해 좀 알 것 같았다. 원하는 종류의 마법을 구현하는 데 있어서 보다 이미지를 확실하기 위해 영창이라는 것을 한다. 그리고 그 영창을 효과적으로 구현하기 위해 외치는 것이 시동어였다.

“확실히…….”

전보다 마력 회복이 빨라지고 심장의 부담도 적어진 것이 느껴졌다. 용량이 크게 늘어난 것 같았다.

손을 뻗으며 방금 전 이미지한 검을 떠올렸다.

“길고 날카로운 검.”

마음속으로 그리는 것이다. 그리고 그것을 끄집어내는 것이다. 조용히 집중해 원하는 것을 그리기 시작했다.

형상을 창조하고 그것에 날카로움을 부여한다.

모든 것이 뚜렷해진 순간.

“솟아라!”

손목을 아래에서 위로 휘젓자 바닥을 뚫고 두 개의 칼날이 솟구쳤다. 불길한 어둠으로 일렁거리는 칼날의 크기는 대충 1미터를 넘어갔다.

‘이것이… 기본이라는 건가.’

역시 아직 미숙하다. 전장에서 운용하려면 조금 더 다듬어야 할 것 같았다. 마력을 끊자 칼날이 사라졌다. 마력의 소모는 무척이나 빠른 편이었다.

검술과 같이 사용한다면 무척이나 뛰어난 효과를 발휘할 것 같았다.

“밤이군.”

나는 마을 쪽을 바라보았다.

유난히 시간이 잘 가지 않는 느낌이 들었다.

‘무엇이 마음에 걸리는 건가.’

몰려오는 이 불안감은 무엇 때문인가.

상쾌했던 공기가 텁텁해지는 느낌이다. 유난히 어두운 밤이라고 생각되어졌다.

'잠시 마을에 들르는 것도… 괜찮겠지.'

가방을 허리에 달았다. 롱소드를 챙기고 그 위에 외투를 걸쳤다. 오두막을 지나쳐 마을을 향해 걸었다.

"마도사님이시군요. 문을 열어드리겠습니다."

튼튼해 보이는 창살문이 위로 열렸다. 망을 보고 있는 용병들의 무장은 예전보다 더 든든해 보였고 성벽 또한 보수가 끝나 있었다.

"어, 오빠?"

제란 영감네 집 마당에 있는 프린이 보였다. 프린은 나에게 쪼르르 달려왔다.

"아직 자지 않고 있었나?"

"언니가 걱정되어서……."

프린은 나를 올려다보았다.

"오빠는 걱정되지 않으세요?"

"무슨 걱정?"

"사라 언니요."

프린의 말에 몸이 멈칫했다.

'그녀를… 걱정하고 있는 건가?

고개를 설레설레 저으며 웃어넘기며 프린의 머리에 손을 얹었다.

"생각보다 그 녀석은 튼튼… 윽!?"

"오, 오빠?"

갑작스럽게 심장에서 마력이 날뛰기 시작했다. 심호흡을 하
자 그 격동은 차분하게 가라앉았다.

"어디 아파요?"

"아니, 괜찮다."

나는 태연하게 프린의 머리를 쓰다듬어 주었다. 아무래도
너무 집중을 해서 그런 것 같다.

"히힛, 오빠랑 이야기하면 마음이 편해져서 좋아요. 요즘은
늘 불안했거든요."

"불안할 이유가 있나?"

내가 묻자 프린은 고개를 저었다.

"저도 모르겠어요. 그냥… 가슴이 뛰고 불안해져요."

하긴, 어린 나이에 끔찍한 일을 겪었다. 코볼트에게 죽을 뻔
했으니 말이다. 어린 소녀가 감당하기에는 너무나도 끔찍한
일이다.

나는 시선을 돌려 하늘을 바라보았다. 밤이라는 검은 장막
이 꿈틀거리는 것처럼 느껴졌다.

"마음이 편해져서 졸리네요. 그만 자러 갈게요."

"그래."

프린에게 살짝 손을 흔들어주었다. 나는 잠시 그 자리에 가
만히 서 있었다. 마을에 들르고 싶다고 생각했을 뿐 다른 이유
가 있었던 것은 아니다.

나답지 않게 행동한 것 같다.

"오랜만에 잠이나 잘……."

두근두근.

가슴이 뛰기 시작했다. 어디서부턴가 밀려오는 사이한 감각. 멀리서부터 느껴지는 거대한 파도.

"이건……?"

어떤 일렁거림이 느껴졌다. 나는 사막 쪽을 바라보다가 땅을 박차고 단숨에 성벽에 올랐다.

적막만이 가득한 어두운 사막.

암흑으로 물든 지평선 끝을 바라보았다.

"……."

까맣게 물든 공간에 붉은 안광이 떼 지어 일렁거리고 있었다.

"코, 코볼트다!! 코볼트 웨이브가 시작됐다!!"

"비상!! 비상!!"

"빠, 빨리 사이렌을 울려!"

보초를 서던 용병들이 분주해지기 시작했다. 허겁지겁 뛰면서 외치던 보초들은 거대한 확성기처럼 생긴 것에 달린 버튼을 눌렀다.

비이이잉—! 비이이잉—!

"뭐, 뭐야?"

"코볼트들이……!"

"무슨……?! 이렇게 빨리? 아직 한 달은 남았을 텐데?"

여기저기서 고성이 오갔다. 고함 소리, 어떤 외침, 겁먹은 목소리, 그 모든 것이 내 귀에 스며들었다 사라져 갔다.

온다. 코볼트들이 몰려오고 있다.

그들의 발걸음 소리가 들리는 듯하다.

"데이오스!!"

제란 영감의 목소리였다. 제란 영감이 빠르게 다가와 내 옆에 섰다.

"음……!"

나와 같은 곳을 바라보더니 신음성을 흘렸다.

"이렇게 많은 숫자가……? 부족이 다 통합되었다고 해도 이정도는……!"

"예전보다 많은 수입니까?"

"보통 코볼트 부족들끼리 시기를 두고 차근차근 몰려왔었지. 약한 부족부터 강한 부족까지 말일세."

어째서 그런 현상이 일어나는 것일까?

"아마… 사막 중앙에서 그들을 밀어내는 무언가의 작용이 있는 것 같네. 강한 코볼트일수록 늦게 밀려나오는 것이 아닐까 하고 생각은 했었는데……."

"그렇다면 이상하지 않습니까? 중앙 사막에는 셀 수도 없이 끔찍한 놈들이 많습니다."

"나는 그것이 어둠의 흐름과 관계가 있다고 생각하네."

어둠의 흐름. 확실히 내 몸에 축적된 암흑 에너지가 뜨겁게 달아오르는 것이 느껴졌다. 이것이 오감이 아닌 다른 감각에 눈을 뜨게 만들어주었다.

나와 이 세계, 그리고 어두움.

모두 검게 일렁이고 있다. 단지 어둠을 넘어선 나와의 어떤 관계의 끝자락이 느껴졌다.

저것이 잘못되었기 때문에?

'잘못… 되었다?'

나는 이상하게도 이 광경이 잘못되었다고 생각하고 있다. 내가 어둠의 서를 통해 스킬을 습득하였기 때문에 그렇게 느끼는 건가?

'나는 도대체……!'

머리가 아파왔다.

세계가 무너진다.

세계가!

무언가, 무언가 어떤 식으로든 나와 관계가 있다.

소용돌이 속으로 빠져들어 가는 날 건져낸 것은 제란 영감이었다.

"지금은 이런 이야기를 할 때가 아닌 것 같군."

나는 그 의견에 동의했다.

이 코볼트들의 미친 몸부림에 대해서 알아볼 필요성을 느꼈다. 과연 내가 바라는 해답이 될 수 있을지, 단지 나의 착각일 뿐인지 알고 싶었다.

"…완전히 포위됐군. 이렇게 많은 수라니……."

"그럼……."

사라가 생각났다. 그녀가 떠오르자 모든 고민이 한순간에

뒤로 밀리는 느낌이 들었다. 차분하게 생각이 정리되고 있는
것이다.

그것은 손이 떨리는 이상한 차분함이었다.

"교역로는… 호위를 나간 용병들은… 무사하겠습니까?"

말이 제대로 나오지 않았다. 제란 영감은 굳은 얼굴로 고개
를 끄덕였다.

"이동이 느리지 않았다면 영향권에서 어느 정도 벗어날 수
있을 것 같지만……."

목소리에서 많은 감정의 변화가 느껴졌다.

'꽤나 오래전에 출발했다.'

벗어났을 것이다. 그녀는 바보라 운이 좋으니까 괜찮을 것
이다. 나는 심란한 마음을 억누르려 긴 숨을 내쉬었다.

사라의 얼굴이 떠올랐다.

시끄럽고 귀찮은 여자다.

'……'

하지만 놈들의 먹이가 되었다고 생각하면 심장의 고동마저
멈춰 버리는 것 같았다.

나에게 있어서 그녀는 어떤 존재일까?

'단지 귀찮은… 그런……'

생각이 정리가 되지 않았다.

"열어줘!! 열어달라고!!"

피투성이로 변한 뚱뚱한 남자가 닫혀 있는 창살문을 두드리
며 절박하게 소리쳤다.

"저자는……!"

"아침에 출발한 상단의……."

살짝 열린 틈 사이로 뚱뚱한 남자가 기어들어 왔다. 공포에 질려 벌벌 떨며 그렇게 필사적으로 기어들어 온 것이다.

"으, 으아아악!! 잡아먹히고 말 거야! 사, 살려줘!"

"다른 사람들은… 용병들은 어디 있나!!"

용병 하나가 그의 멱살을 잡고는 그렇게 외쳤다.

"모, 몰라! 주, 죽었을 거야! 그, 그래, 그런 놈들을 이길 리가 없잖아?"

창백하게 질린 얼굴로 떠듬떠듬 말하기 시작했다.

"바, 바보 같은 놈들! 나, 나처럼 빨리 도망칠 것이지!"

펙!

"혼자만 살겠다고 도망친 거냐!!"

"나, 날 보호하는 게 네놈들의 일이잖아! 난 돈을 줬다고! 내 물건! 내 상단! 으, 으아아악!! 네놈들이 더 강했더라면……!"

주위의 분위기가 험악해지기 시작했다. 살기까지 느껴졌다. 그것이 나의 살기인지 저들의 살기인지 구분이 되지 않았다.

격류하기 시작한 감정이 진정되지 않는다.

꽉 쥔 주먹에서는 어느새 피가 흘러나왔다. 가슴이 폭발할 듯 뛰었다. 동시에 혈관을 타고 마력이 질주하기 시작했다.

온몸을 터뜨릴 듯이 빠르고 강렬하게.

이 감정은 분노. 그래, 분노에 가깝다.

"지, 진정하게나, 데이오스! 그러다 폭주할 수가 있어!!"

“아니요.”

잘 알고 있다. 검은 파괴의 에너지는 나를 상하게 하지 않는
다. 감정이라는 놈을 먹이 삼아 점점 증식할 뿐이다. 나의 이
성을 먹고, 본능을 폭발시키고 있다.

검은 기류가 주위의 순수 마나들을 검게 물들이기 시작했다.

“자, 자네……!”

간신히 평정을 유지했다. 더 이상 흔들렸다가는 주위의 모
든 것을 날려 버릴 것 같았다.

죽이는 것은 한 놈으로 족하다.

빠르게 도약해 놈의 목을 부여잡았다.

“커, 컥!”

손톱이 목을 파고들기 시작했다.

“사, 살려줘.”

“네놈은 거기서 뜯어 먹히는 편이 나았어.”

음산한 기운이 퍼져 나오는 것 같았다. 하지만 상관없다. 이
감정을 나는 억누르고 싶지 않다.

“오… 빠.”

프린이 보였다. 프린은 살짝 겁먹은 듯한 얼굴로 나를 바라
보았다.

“오빠! 그만둬요!”

스윽!

뻗어오는 검을 손을 들어 막았다.

팅!

손에 닿기 전에 일렁거리는 막에 의해 검이 튕겨져 나왔다.

"마나 실드?"

검을 휘두른 것은 가이터스였다. 예기가 담기지 않은 위협이었지만 마나 실드에 막힌 것이 믿기지 않는 듯했다.

'마나 실드……'

확실히 알고 있다. 스킬 레벨이 오르면서 자동적으로 습득한 이론에 분명 그 이름이 있었다.

마력은 전신 혈관을 타고 흘러 다니며 독특한 자기장을 뿜어낸다. 일정 수준 이상 되면 그 자기장은 구체화될 수 있는데, 정신적인, 또는 물리적인 간섭으로부터 자신을 보호해 주는 강력한 방패였다.

간섭을 막는 달인의 소유물.

그것이 바로 마나 실드였다. 하지만 나는 아주 작은 양의 마력을 지녔을 뿐이다. 이렇게 형성된 것은 내 마력의 특수성 때문이겠지.

가이터스의 등장으로 머리가 조금 식은 느낌이다. 나는 천천히 놈을 바닥에 내려놓았다.

마력에 취한 것 같은 느낌이 들었다.

"음, 조금 머리가 식었나?"

"……"

프린이 다가와 내 손을 잡았다.

"그런 무서운 표정… 짓지 마세요."

"미안하다."

너무 흥분했던 것 같다. 그동안 죽음과 가까이 생활하며 늘 이성적인 판단을 하려 노력했었다.

그렇게 행동하고, 움직여야 했다.

"불길한 것들이 몰려오는 거죠?"

주위에는 침묵만이 깔렸다. 바닥에 무릎을 꿇으며 목을 부여잡고 있는 돼지도, 나를 말리려 온 제란 영감도, 가이터스도 아무 말도 하지 않았다.

"언니는……."

프린의 깊은 눈동자에서 검게 물든 암흑이 보이는 것 같았다.

"걱정 마라."

그녀는 나의 동료도 친구도 아니었다.

'하지만…….'

사람을 구하는 데 이유란 없다.

이대로 포기할 생각은 없다.

"어느 쪽으로 갔습니까?"

"자네 제정신인가? 밖은 포위됐어. 저 많은 수의 코볼트를 어떻게 뚫고 간다는 건가! 너무 늦었어!"

"어느 쪽입니까?"

구하기 위해선, 알기 위해선 직접 뛰어들어야 한다.

나는 제란 영감을 바라보았다. 제란 영감은 입을 다물고 말을 하지 않았다. 굳어 있는 그의 표정이 절대 날 보내지 않겠다고 다짐하고 있는 것 같았다.

"북쪽이네. 마을 북쪽 입구에서 사막의 경계선을 따라가면 되네.”

“가이터스!”

가이터스가 말해주었다. 제란 영감이 가이터스를 노려보았지만 가이터스는 시선을 돌려 버렸다.

“내 부관이 같이 갔어. 쉽게 당하지 않을 거네.”

가이터스의 확신에 찬 목소리가 울려 퍼졌다.

“하, 하긴 부장님이 계신다면…….”

“죽는 게 이상하지!”

차분한 분위기가 퍼져 나갔다.

제란 영감은 한숨을 내쉬더니 나에게 붉은 보석 하나를 쥐어주었다.

Item

[T]화염석

강대한 폭발력이 깃든 촉매. 마법을 쓸 때 사용한다면 폭발 효과를 발휘한다.

*[T]랭크 수준의 화염 폭발

“검을 즐겨 쓰는 자네에게는 스태프보다 이것이 편하겠지.”

제란 영감의 마음을 느낄 수 있었다.

"오빠……."

"잠시 나갔다 오마."

가이터스에게 몇 발자국 다가섰다.

"마을 걱정은 하지 말게나. 확실히 전보다 배로 많기는 하지만 버틸 수 있는 수준이니."

나는 주위를 바라보았다. 용병들이 굳은 표정으로 서서 나를 바라보고 있었다. 이들의 각오가 나에게 전해지는 것 같았다.

탓!

나는 그들을 빠르게 지나쳤다. 마력을 운용하며 빠르게 달려나간 것이다.

북쪽 입구로 왔다.

단숨에 성벽을 뛰어넘어 바닥에 착지했다.

"바퀴 자국……."

생긴 지 얼마 안 된 마차 바퀴 자국이 보였다.

초원과 인접해 있어 바람이 잘 불지 않아 보존된 것 같았다.

"이쪽이군."

이 흔적을 따라가면 될 것 같았다.

"이봐! 데이오스!!"

여자의 목소리.

성벽에서 누군가 날 불렀다. 뒤를 돌아보니 셸린이 검은 무언가를 들고 있었다.

"마도사가 꼴이 그게 뭐야? 이거 받아!"

셀린은 검은 것을 던졌다. 나는 손을 뻗어 그것을 잡았다.

Item

[D] 재생의 검은 로브

검은 앞발 빅 베어의 가죽으로 만든, 스스로 수복이 가능한 로브. 상당한 방어력을 지니고 있어 화살 따위로는 뚫지 못한다. 마력 전달력이 매우 높다.

*방어 등급: [E]
*자가 수복: [D]
*마력 운용을 통한 변형 가능

나는 외투를 벗고 로브를 걸쳤다.
"이제야 좀 마도사 같네."
"고맙군."
"흥, 살아서 돌아와."
팔짱을 끼며 그렇게 말했지만 그녀의 얼굴에서 초조함을 읽을 수 있었다.
나는 시선을 돌려 정면을 바라보았다. 멀리서 붉은 안광을 빛내고 있는 코볼트들이 보였다.

긴장되지는 않는다. 다만 예전에 쫓겼던 기억이 나 그것을 되갚아주고 싶어졌을 뿐이다.

먹이를 앞에 두고 긴장하는 포식자는 없다.

'뚫는다.'

혈관을 타고 마력이 휘몰아치기 시작했다. 비약적으로 상승된 신체 능력이 나의 몸을 화살처럼 빠르게 만들어주었다.

달려가며 검을 뽑았다. 그리고,

서걱—

뭉쳐 있는 코볼트들을 단칼에 베어버렸다. 날카로운 검은 예기가 검신을 타고 일렁거렸다.

"키에엑!!"

그 자리에서 허리를 회전시키며 큰 원을 그렸다.

푸수수—

피가 비처럼 날렸다. 마력이 뿜어져 나와 절삭력이 높아진 검을 막을 수 있는 것은 코볼트에게 존재하지 않았다.

팅—

나는 웃었다. 뒤에서 찌르는 단검 따위는 검은 막에 의해 내 신체에 닿지도 않았다. 마력이 운용될 동안에는 화살 따위를 걱정할 필요가 없는 듯했다.

'그렇다면……'

뒤를 걱정할 필요가 없다. 그야말로 학살. 다른 말로 표현할 수 있을까?

나는 진하게 웃었다.

놈들이 주춤거리며 뒤로 물러났다. 주위를 까맣게 메울 정도로 많은 숫자가 있었음에도 쉽사리 덤벼들지 못했다. 저들로부터 두려움을 느꼈다.

'이건······.'

놈들을 죽일수록 경험치 외의 뭔가가 흡수되어 왔다. 공포라는 감정에 물든 마나, 그리고 파괴 본능에 날뛰는 마나. 나에게는 너무나도 익숙한 암흑 마기였다.

놈들이 공포에 젖을 때면 그 농도가 더욱 진해졌다. 두려워하고 겁에 질리면 주위의 마나는 순식간에 검게 물들어갔다.

어느 순간 그것이 두 눈에 보이기 시작했다.

'좋군.'

그것은 나에게 힘이 되었다. 끊임없이 소비되는 마력을 어느 정도 보충해 주고 있었다. 죽이면 죽일수록 강해져 간다는 느낌이다. 그리고 파괴하고 싶다는 욕망 또한 점점 강해졌다.

억제할 필요 없다.

"사양할 것 없겠지."

무릎을 굽혔다 빠르게 펴며 검을 앞으로 뻗었다. 사막의 모래에 길게 미끄러지며 정면의 놈들이 검에 하나둘씩 꽂혔다.

"흡!"

검을 비틀어 회오리치듯 빠르게 베었다. 입에 거품을 물며 사방에서 밀려오기 시작했다.

'칼날, 주위를 날려 버리는 회오리······.'

검끝을 내리며 원하는 것을 이미지했다. 그것에 마력을 때려 박았다. 이미 놈들에게 흡수한 마력이 한계치에 도달해서 방출할 필요성을 느꼈다.

"검은 칼날의 회오리."

내 주위에 동그란 원형 칼날이 형성되었다. 훌라후프처럼 내 허리춤에 있다가 서서히 돌기 시작했다.

모래가 사방으로 비상했다.

'빠르고 강렬하게.'

작은 폭풍처럼 변한 그것을 해방할 때가 되었다.

"가라!"

퍼서서서석!

원형이 점차 커지더니 사방으로 터져 나갔다. 강한 절삭력으로 코볼트들을 모조리 쓸어버리며 주위의 시체를 소멸시키고 있었다.

"크……."

텅 빈 마력의 부재가 고통으로 다가왔다. 하지만 천천히 마나를 의식하며 호흡법을 하는 것만으로 빠르게 마력이 회복되었다.

놈들이 공포에 질리면 질릴수록, 죽으면 죽을수록 그 속도는 빨라졌다.

레벨이 올랐습니다.

당연하다. 이만큼이나 학살했는데 레벨이 오르지 않는 것이 이상하다.

"비켜!"

나는 계속해서 정면을 뚫고 나갔다. 올려 벤 다음 근처에 있는 놈의 머리를 주먹으로 날려 버렸다. 나의 검술은 난전 상황에서 더 큰 위력을 발휘했다.

베고 찢고 뚫고 조각내는 일을 반복했다.

착!

코볼트의 몸을 베어버리고 피를 털었다. 손을 들어보았다. 길게 찢어져 피가 흐르고 있었다.

아직까지 마나 실드란 것이 일정 강도로 계속 유지되지 않았다. 그것을 자유자재로 다룬다는 달인의 경지가 새삼 높게 느껴졌다.

금방 출혈이 멈추며 아물어갔다.

"이쪽인가?"

극도로 예민해진 감각이 흔적을 찾으며 길을 안내해 주고 있었다.

나는 달리기 시작했다. 사막을 달리는 것은 나에겐 무척 익숙한 일이었다.

*　　　*　　　*

"지나갔군요."

코볼트 무리가 지나가자 겨우 숨을 돌릴 수 있었다.

“덕분에 목숨을 건졌습니다.”

사막 연합 용병대 간부 중 하나인 케마 부장이 그렇게 말했다. 사토 덕분에 그나마 이 정도의 인원이 목숨을 유지할 수 있었다. 혼자 마차를 몰고 사라져 버린 볼틴이 생각나자 케마 부장의 얼굴이 분노로 물들었다.

“사라, 괜찮나?”

“네, 저는 괜찮습니다.”

팔이 찢어지긴 했지만 얕은 상처였다. 사라가 고개를 끄덕이자 케마 부장은 능숙하게 대원들의 상태와 장비를 점검하기 시작했다.

사토는 죽어간 일행과 살아 있는 이들에게 미안해 고개를 들 수가 없었다.

“볼틴…….”

끝까지 볼틴을 구하기 위해 싸우다가 쓰러진 일행이 생각났다. 볼틴은 그들에게 감사해하기는커녕 마차를 빼돌려 혼자 도주해 버렸다.

“그렇게까지 썩은 놈은 아닌 줄 알았는데…….”

방호 마법진이 그려진 마차를 끼고 싸웠다면 이 지경까지는 오지 않았을 것이다. 볼틴이 도주한 그 시점부터 상단이라는 조직은 와해되어 버렸다.

그후부터 피해는 우후죽순으로 불어났다.

현재 전력은 용병 여섯 명과 사토 단 일곱 명이었다. 짐수레를 이끌던 상인들도 상당수 살아남았지만 전력에 포함시키기에는 무리가 있었다. 반이 넘는 인원이 모두 죽거나 산 채로 끌려가 버렸기에 패닉 상태에 빠진 자들이 대다수였다. 제대로 따라올 수 있을지조차 의문이었다.

"포위되어 버렸군요."

"이쪽으로 몰려온다면 금방 들키고 말 겁니다."

사토의 말에 케마 부장은 고개를 끄덕였다. 살짝 몸을 떨고 있는 사라의 어깨에 손을 올려주었다.

"괜찮다. 많은 숫자긴 해도 제각각이다. 사막을 벗어나 숲까지 간다면 문제없을 거다."

사토도 케마의 말에 동의했다. 하지만 어떻게 저 많은 숫자의 코볼트를 뚫고 숲까지 가느냐가 문제였다.

'너무 많아.'

코볼트 웨이브에 대한 소문은 분명 들었다. 단계적으로 많고 강한 코볼트가 몇 차례 몰려온다고 들은 것이 전부다. 하지만 지금 보는 광경은 마치 사막에 살고 있는 전 코볼트가 뛰쳐나온 것 같았다.

"힘을 내죠. 부장님 말처럼 빠져나갈 수 있을 거예요."

사라의 말에 분위기가 조금 풀어졌다. 용병들은 무기를 다 잡으며 전의를 다졌다.

"케마 부장님, 지금의 위치를 아시겠습니까?"

"상단 부분 뒤로 오기는 했지만 방향은 크게 벗어나지 않았습니다. 전력으로 달린다면 이틀 정도 후에는 벗어날 수 있을 것 같습니다."

"여러 가지 상황을 고려해 볼 때 족히 일주일은 걸리겠군요."

물론 그것도 무사히 빠져나갈 루트를 찾았을 때의 이야기다. 사토는 고개를 끄덕였다. 여러모로 상황이 좋지 않았다. 코볼트 웨이브는 둘째치고라도 식량과 이동 수단을 모두 잃어버린 상태에서의 지속적인 행군은 무척이나 고될 것이다.

"사토님, 지금 출발해야 합니다."

"부장님과 제가 앞장서도록 하지요."

케마 부장은 고개를 끄덕이며 동의했다.

"카코! 사라! 후미를 맡아라!"

카코와 사라는 빠르게 상인들의 뒤에 따라붙었다.

"사라, 너 첫 임무에 이런 꼴이라니, 재수가 더럽게 없는 거 아니야?"

"재수없다니까 데이오스가 생각나네."

"데이오스? 아아, 그 괴상한 마도사?"

"별로… 괴상하지는 않아."

카코는 사라의 어깨를 툭 쳤다.

"하하, 남장여자 같던 네 녀석에게도 봄날이 왔군."

"봄날? 웃기지 마!"

"긴장을 푸는 건 좋은데 너무 떠들지 마라."

케마 부장의 말에 사라와 카코는 입을 닫았다. 카코는 킥킥대며 사라를 놀려댔다. 사라는 검을 뽑아 겨누는 것으로 대답을 대신했다. 카코의 얼굴이 굳어졌다.

사라 때문이 아니라 후미에 따라붙는 코볼트들을 발견했기 때문이다.

"후방에 여섯 마리, 빠르게 따라옵니다!"

사라가 다급하게 외쳤다.

"바톤, 가란! 후미에 지원 가라! 근접한 놈들만 제거해! 이동을 늦추면 안 된다!"

바톤과 가란이 빠르게 후미로 합류했다.

"정면에도 있군요."

사토는 검을 뽑으며 그렇게 말했다. 검 폭이 좁고 긴 외날 검은 무척이나 예리해 보였다. 검을 뽑아 드는 모습이 무척이나 자연스러워 케마도 그 모습에 감탄했다.

'과연, 가이터스 대장님이 인정한 검사답군. 괜히 기사인 것이 아니었어.'

케마도 커다란 양손검을 쥐어 들고 정면을 향해 달렸다. 숫자가 별로 없는 지금 빨리 침묵시켜야 했다.

사토는 빠르게 검을 휘두르며 코볼트를 베었다. 그리 많은 숫자가 아니라 케마와 사토만으로도 코볼트들을 바닥에 눕힐 수 있었다.

"젠장!"

후미로 따라붙은 코볼트들을 발로 차버린 카코는 욕지거리를 내뱉었다.

"징그러운 놈들!"

끈질기게 따라붙는 코볼트를 향해 사라가 그렇게 외쳤다. 카코는 도끼로 한 마리를 쳐낸 후 다시 달리기 시작했다.

“따돌린 건가?”

더 이상 코볼트가 보이지 않았다. 적어도 따라붙었던 놈들은 따돌린 것 같았다.

카코가 그렇게 말하기가 무섭게 케마가 손을 들어 일행의 이동을 멈추게 했다. 그리고는 큰 검을 바닥에 꽂고 정신을 집중했다.

“진동?”

케마의 말에 사토 또한 느낀 듯 표정을 굳혔다.

“모두 빨리 이쪽으로 달려!!”

후미에 빠져 있던 용병들은 허겁지겁 케마 쪽으로 달렸다.

“으, 으아아악!”

뒤따라오던 상인의 몸이 날카로운 무언가에 의해 잘려 나갔다.

“뭐, 뭐야? 컥!”

도망치던 상인 하나가 뒤를 본 순간 몸이 부서져 내렸다. 사막의 모래 밑에서 찌르고 나온 그것은 검고 기다란 독침이었다.

모래가 흩어지며 서서히 그 모습이 드러났다.

“거대… 사막전갈? 어째서 이런 곳에!!”

“뭐, 뭐야, 저게!!”

케마와 카코가 뒤로 주춤 물러나며 그렇게 외쳤다. 그 크기에서 나오는 압도감은 코볼트에 비할 바가 아니었다.

“무조건 앞으로 달려!”

케마의 말이 떨어지기가 무섭게 전원이 뛰기 시작했다. 상대적으로 체력이 달리는 상인들이 자꾸 후미에 처졌다. 그 말로는 그야말로 끔찍한 것이었다.

사라는 이를 악물고 구토를 참아내었다. 사람이 죽는 모습은 그녀에게 있어서 상상 이상으로 견디기 힘든 충격을 주었다.

"사라! 뭐하는 거야!"

조금씩 처지기 시작한 사라의 뒤에 카코가 섰다.

"젠… 장!"

케마의 욕이 들려왔다. 케마는 달리는 것을 멈추고 검을 쥐었다. 사토 또한 굳은 얼굴로 자세를 잡았다.

"꺄악!!"

상황 판단이 느려 앞으로 달려나가던 여자 상인의 모습이 그 자리에서 사라졌다.

"사막이 미쳐 버린 것 같군요."

사토는 나직하게 그렇게 말했다. 땀이 턱 끝을 타고 흘러내렸다.

쉬이익!

갑자기 공격해 오는 전갈의 꼬리에 카코는 뒤로 물러나며 엉겁결에 그 공격을 막았다.

몸이 붕 떠올라 바닥에 처박혔다.

"카코!"

"멍청아! 앞을 봐!"

집게발이 이미 사라의 몸 앞에 당도해 있었다. 사라는 당황해 검을 들지 못했다.

팅!

빠르게 대시해 온 사토가 집게발을 간신히 쳐냈다. 저릿한 느낌에 사토는 인상을 찌푸렸다.

사라는 재빨리 검을 들어 공격 자세를 잡았다. 살아남은 상인들을 가운데에 두고 앞뒤에서 용병들이 대치하는 구도가 생겼다.

전갈은 꼬리를 바닥에 찌르며 울음소리를 내뱉었다. 이 상황을 즐기고 있는 것이다.

"괴물 놈이……."

순간 두 놈이 동시에 달려들었다. 사토는 집게발을 피하며 바닥을 굴렀다.

"크, 크아악!"

독침에 찔려 버린 용병의 몸이 녹아내리기 시작했다. 사라는 이를 악물고 검을 내려쳤다.

팅!

마치 철검처럼 단단한 껍질에 허무하게 검이 튕겨져 나왔다. 카코가 사라에게 휘둘러지는 꼬리를 간신히 막아내었다.

"큭……."

전갈이 주춤하는 사이 사토가 크게 날아올라 꼬리를 베었다.

쿠오오오!

그러나 되려 집게발에 얻어맞고 크게 튕겨져 나갔다. 케마가 간신히 손을 뻗어 날아가는 사토를 붙잡았다.

'검을… 휘두르지 않으면……!'

사라는 떨려오는 몸을 억지로 다잡으려 애썼다.

순간 사라의 눈에 카코의 몸이 공중으로 솟아오르는 것이 보였다. 피 분수를 뿜어내며 바닥에 처박혔다.

"카, 카코!"

꼬리가 잘린 전갈이 난동을 피우며 카코를 날려 버린 것이다. 전갈이 금방이라도 카코를 뭉개 버릴 것 같았다.

"안 돼!"

사라는 검을 쥐어 들고 전갈에게 달려들었다.

"사라! 저 멍청이가!!"

케마는 다급히 사라에게 뛰어가려고 했지만 앞에 버티고 있는 전갈 때문에 쉽게 움직일 수 없었다. 그것은 한차례 피를 토한 사토 역시 마찬가지였다.

"죽엇!!"

사라는 큰 자세로 검을 휘둘렀다.

캉!

휘둘러진 집게발에 허무하게 검이 잘려 나갔다.

"아……!"

사라의 눈앞에 전갈의 거대한 입이 펼쳐졌다.

거대한 이빨이 금방이라도 사라의 몸을 찢어버릴 것 같았다. 사라는 정신이 나가 버려 멍한 시선으로 다가오는 이빨을 바라볼 수밖에 없었다.

'피해야……'

죽는다.

정말로 죽는 것이다.

오직 그 생각만이 멈춰 버린 머릿속을 채우고 있었다.

"사라!!"

케마 부장의 외침도 들리지 않았다.

전갈의 날카로운 이빨이 사라의 몸을 꿰뚫으려 할 때였다.

수욱! 서걱!

바닥에서 검은 칼날이 솟구쳐 올랐다. 거침없이 솟아올라 전갈의 머리와 몸통을 무참히 찢어발긴 것이다.

"아……."

녹아내리는 것이 아니다.

재가 날리듯 가루가 날리며 전갈의 시체가 사라진다.

이미 죽어버린 전갈의 거대한 시체가 검은 무언가에 의해 소멸되고 있었다.

전갈에서 느껴졌던 공포감보다 저 기운에서 나오는 압도적인 기세에 몸이 덜덜 떨려왔다.

그것은 주위에 있던 용병도, 그리고 거대 전갈 또한 마찬가지였다.

가장 어둡고 가장 두려운 기운.

"마법?"

사토는 마법을 견식해 본 적이 있다. 예전에 그는 앞날이 유망한 기사였으니까.

하지만 압도적인, 검은 파괴의 기운을 뿜어내는 마법은 들어본 적도 없다.

그것은 인간의 것이라기보다 악마의 것 그 자체였다.

긴 침묵이 흘렀다.

이들 모두 목에 죽음의 낫이 드리워진 것처럼 아무 말도 할 수 없었던 것이다.

검은 칼날이 사라지자 누군가 다가오는 것이 보였다. 광택이 없는 검은 로브를 둘러쓰고 있는 사내.

지독히 어두워진 사막의 밤에 녹아든 듯 검게 일렁이는 그의 모습은 마치 사신과도 같았다.

사라는 그 자리에 주저앉고 말았다. 용병들은 침을 꿀꺽 삼키며 뒤로 주춤 물러났다.

쿠오!

전갈이 부들부들 떨더니 뒤로 물러나기 시작했다. 도망가는 것이다. 필사적으로 도망가려는 몸부림이 느껴졌다.

순간 어둠이 웃는 것 같았다.

휘이—

어둠이 일렁인다.

어둠 같은 사내가 잔상을 그리며 빠르게 직선으로 나아갔다. 용병들을 지나쳐 뻗어나갔을 때, 그들은 다리에 힘이 풀려 주저앉고 말았다. 단지 스쳐 지나가는 것만으로도 오금을 저리게 만드는 공포감을 느꼈다.

퍽!

전갈의 몸이 크게 뒤로 튕겨 올랐다.

서걱!

순식간이었다. 갈색으로 빛나는 검이 거대 사막전갈을 너무나도 쉽게 두 동강 내버렸다.

"검… 기?"

검이 저 정도 범위를 단번에 잘라낼 리가 없다. 검사라면 누구나 생각할 수 있는 사실이다. 하지만 그것을 가능케 하는 것을 알고 있다.

달인 수준의 검사가 아니고서는 흉내 낼 수조차 없는 기예의 경지.

착—

검은 로브의 사내가 갈색 롱소드를 검집에 넣었다. 그리고는 주위를 바라보았다. 전갈의 시체, 코볼트의 시체, 그리고 사람의 시체 속에서 우뚝 서 있는 모습은 마치…….

"아, 악… 마."

어둠을 비웃는 악마가 분명했다.

『새벽의 마왕』 2권에 계속…

조돈형 新무협 판타지 소설

『궁귀검신』, 『마도십병』, 『운룡쟁천』의
작가 **조돈형**
그가 장강의 사나이들과 함께 돌아왔다!

굽이쳐 흐르는 거대한 장강의 흐름 속에서
선혈처럼 피어나 유성처럼 지는 사내들의 향취!

장강삼협(長江三峽)!

하늘 아래 누구보다 올곧았던 아버지의 시신을 이끌고
고향으로 돌아온 유대웅을 기다리고 있던 것은
천오백 년의 시공을 뛰어넘은 패왕(霸王)의 무(武)와 검(劍)!

패왕칠검(霸王七劍)과 팔뢰진천(八雷振天)의 무위 아래
천하제일검(天下第一劍)으로 우뚝 설 한 소년의 일대기!

**장강의 수류는 대륙을 가로질러
이윽고 역사가 된다!**

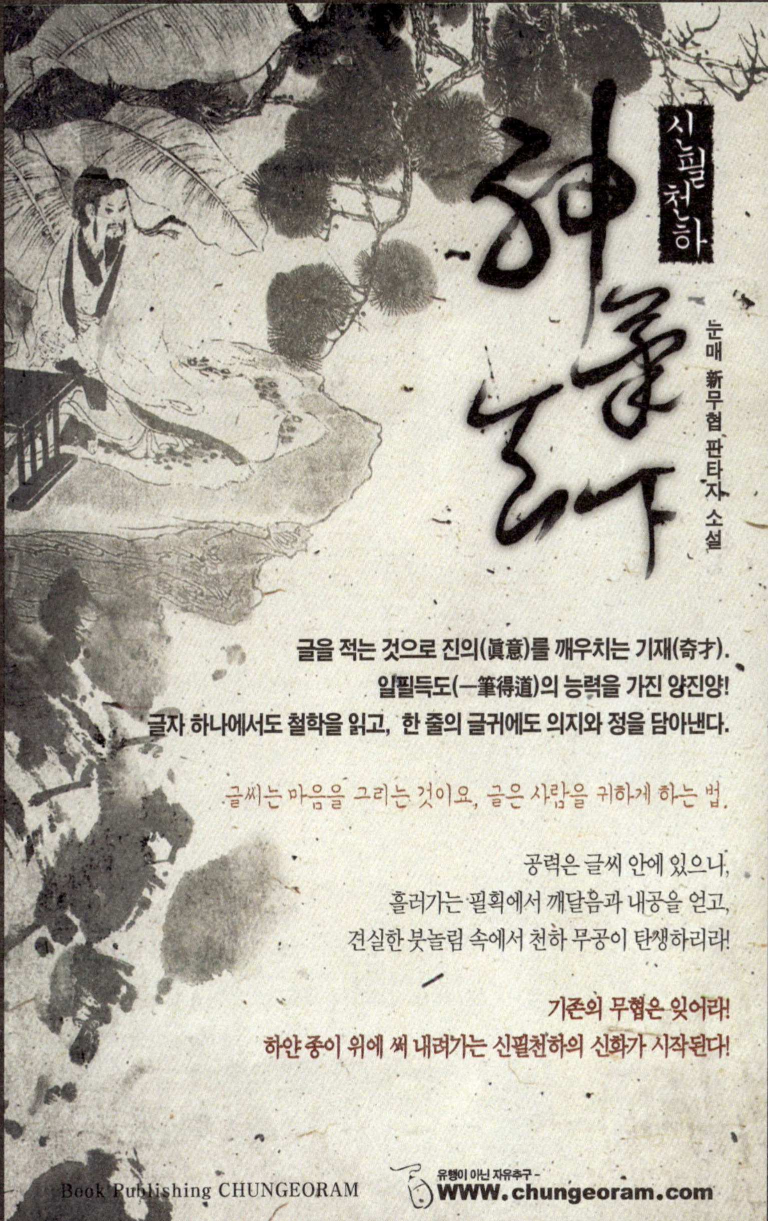
신필천하

神筆天下

눈매 新무협 판타지 소설

글을 적는 것으로 진의(眞意)를 깨우치는 기재(奇才).
일필득도(一筆得道)의 능력을 가진 양진양!
글자 하나에서도 철학을 읽고, 한 줄의 글귀에도 의지와 정을 담아낸다.

글씨는 마음을 그리는 것이요, 글은 사람을 귀하게 하는 법.

공력은 글씨 안에 있으니,
흘러가는 필획에서 깨달음과 내공을 얻고,
견실한 붓놀림 속에서 천하 무공이 탄생하리라!

기존의 무협은 잊어라!
하얀 종이 위에 써 내려가는 신필천하의 신화가 시작된다!

Book Publishing CHUNGEORAM

유행이 아닌 자유추구 -
WWW. chungeoram.com